技艺与感知

詹湛 —— 著

上海教育出版社

目 录

序 内的孩子 / 1

眼

"收集出的"铁路史诗 / 3
极迥色、哈勃与窗外 / 6
来自捷克的镜头双关语 / 10
那些废墟的故事 / 14
"有中的无"和"无中的有" / 17
当端起相机,我们在想些什么? / 21

耳

聊聊配乐那档事 / 27
星云崩解之声 / 31
秋色与音乐 / 52
风风雨雨一百年 / 55
"不好搞"的音乐社会学 / 62

身

与箱子同住的男人 / 67

一刹那轻如羽,数十载光和热 / 71

一窥方知舞台玄 / 77

从纸牌到弹幕 / 80

漫道"匠"字多无奈 / 84

口

倘若提问也有艺术 / 91

不在字里在行间 / 94

村头古今闲笑事,未必不是参农禅 / 97

章鱼和大风 / 101

我有奇问,你可准备了妙答? / 105

意

借艺摹梦 / 111

三个有趣的读书癖好 / 114

从奇书《柳弧》说到历代笔记 / 117

天光和水泥间的清甘滋味 / 120

方寸小室藏天地 / 125

说"慢" / 129

大地艺术是什么? / 133

外一篇　书架上的夜莺 / 137

序　内的孩子

从小,我就是一个什么都想学,却什么都学不好的顽皮孩子。手工学不好,短跑学不好,诗词、格律学不好,音乐、美术更是那样的走调与歪扭。除了调皮地在课上揪出老师的若干错误,没有一件像模像样的成绩。

一晃眼,三十来年过去了,忽然有一天,我发觉自己变得学什么都非常快。困难的、冷门的、艰涩的,短短几个月总就可以抓住要领,好像一下子,脑壳上的塞子被拔掉了一样。可是这时,我却忽然间不开心了。是怎么了?其实,我怀念起了三十年前就呆在我体内的那个"孩子",它也许不聪慧、不老练,时而还会有小情绪,却始终能带着充足的自信辨认出:随便到什么时候,阳光雨露的"大锅饭"里总有留给它的小小一份。

每个人,不都有一个内的孩子吗?只是见识到了这个波澜诡谲的大宇宙之后,我们开始不自主地武装自己——从盔甲,到面具,一层一层,目的是变得强大而自如,可以呼风唤雨,亦可以纵马远疆。可是,那个内的孩子还在吗?

我们有时拒绝承认这一点,认为细胞和蛋白质都已脱胎换骨多少层了,哪里还会在呢?今天人类已经将科学开掘到了极深的层面,几乎涵盖万物,但始终没能彻底明了自己的心是怎样构成的。心理学家与哲学家们固然努力过,却也无法轻易断析:为什么一天前你还哭哭啼啼,现在又笑逐颜开,一天后可能暴跳如雷?为什么同一件事发生在三个人身上,会生出全然不同的理解、反应与处理,最后走向迥异的结局?不少人赞成孩提经验是最具决定性的影响,甚至还认为应当追溯到胎儿在子宫内的触受(很有意思的是,在越南文里"子宫"一词同样可以解作"孩子的宫殿")。

而艺术的存在,令事情有些不同了。由于附加了一种"内拢之力",它像以"别开法门"的形式感召来了与某批作品真正相应的那批人——归根结底,你的眼睛与耳朵只会捕捉到心真正想感受到的东西。这本小册子即是最近数年间,我对各门类"技艺"的品评归纳。不可避免地谈到各门类"技艺"在当下社会究竟如何"有用",这似乎不是一个容易作答的问题。中国传统教育在很长一段时间里并不提倡"有用",而更提倡"修身"。这是一个有意思的逻辑。

常听身边的人们论说,如果当初中国有足够长的时间容许儒、墨二家并立的话,今天的很多困扰以墨子的观点与实践去解决,会不会变得更轻松些?然而有意思的对比在于,当中小学校里开始意识到"实用"技巧之外有很多不"实用"但无比"有用"的技艺,便提倡各种延续国学或效仿西学的形式——可是那些在何时何地能真正"有用"? 谁也不敢下定论。

我们的祖父、祖母一辈仿佛经历过更多,也知晓得更多,如今却早早地在对孩子的教育方面失去了(起码是家庭内部的)发言权,让人不由心里酸酸的。

在欧洲,中世纪以及更晚的西方基础教育里,有个"自由七艺"的说法,与言辞有关的"三艺"(语法、修辞和逻辑),加上与数学有关的"四艺"(算术、音乐、几何学和天文学)——这种分类法在今天看不免有些陌生。在现代大学里,"七艺"严格边界被进一步地模糊,仅仅能算作"通识教育",而它们大多没有强烈的实用性。

莫非"七艺"将要演变为谋生、操作或实战的东西了? 显然不是。它们在早期西方的基础教育中显得格外重要,是因为在这"七艺"的掌握和学习过程中,学习者本身的秉性也在潜移默化。该种变化可能无法从对一门技艺掌握的深浅程度加以推测与判断,但你我皆清楚:熏陶日久后,一个修习数学几何的人和一个专习诗歌与音乐的人,对同一事物的表达和看法定会有些不同。所以西塞罗等人才倾向于宣称,"自由七艺"是关乎心灵的技艺,而非关乎技法的技艺。它说到底有服务于人的价值,有服务于那个"内的孩子"的价值。

技艺与感知

这就是书名的来源。

记得二十多年前一个阳光明媚的夏日午后,我居住的小区里的幼儿园开放泳池。说是泳池,实则仅供小孩子玩耍,浅浅的,每次门票七毛钱。那天,我欢天喜地地从母亲手里接过一张五角、两张一角的纸币,揣着小泳圈,就去游泳了。可是,孩子并不总是很纯洁的,池子本来就小,互相角力也属常见。我大概是冒犯到了一个大孩子,他腾地火起,就用脚丫将我一下子踩到了池底下,我完全没有机会呼喊,也无人注意到我。耳边嗡嗡的,听觉渐失,手足不听使唤,目力所及之处唯一分明的,是头顶蓝莹莹的透明流体,在澄亮阳光的穿透下,它显得那么漂亮。那一瞬间,我几乎放弃。大概命运不舍,在几秒——兴许是十几秒——之后,那大孩子移开了脚丫,而我就像一条小泥鳅,哧溜地回到了空气里。长大后的我,眼前时有再现那一日所目睹的蓝色,也隐隐地感觉到,儿时的泳池场景像是人间真实命运的写照。

许多年里,当生命故事在身边的熟人与陌生人之间更迭,细心的我留意到了奇特的一幕:当命运将你牢牢摁在水面之下,看似已无有转机的可能时,偏偏总会出现一只(不知从哪儿伸来的)脚丫,把你不由分说地,一屁股给蹬出了水面。对此,我很开心地接受,也尝试着学习感知、理解乃至珍惜每一件让人觉得很不舒服的东西。

"技艺"的覆盖面纵然宽广,始终得承认,解读时依

旧需要持有必要的敬畏。艺术也好,文史哲也好,它们毕竟都只是自然世界、万事万物构成的一部分。此间任何一种都不可能是百试百灵的良药,有时甚至徒增我们的困惑,这与游泳时收获的快乐和需要面临的风险是一样的。

不管怎么说,我仍愿每一位读到这本小书的读者,在困难与无助的暗夜时分,终被这些浸过笑与泪的文字狠狠地踹回到水面的阳光里。倘若这尚未发生,我还是相信,你至少也会找到那个已经阔别日久的、内的孩子。

"收集出的"铁路史诗

我一直喜欢黑白的人文摄影作品,特别是20世纪中叶那些以人物为中心(时而会有动物参与)的老照片,而对较为冰冷的纯风景照片却提不起多大兴趣。究其原因,是但凡有"人"参与,整张照片就会热乎起来、活起来、温暖起来……就像扦插的茎生了根,空空的炉里有了炭。

不过,我手头的这本册子却是一个大大的特例。这本摄影册子的全名是"*Some Vernacular Railroad Photographs*",即《些许本国的铁路摄影》,2013年出版。这里的"本国"是指美国。我对欧洲或日本的那些资深铁路迷们,用自己收集来的资料与摄制的照片做成摄影集的事,早就有所耳闻,所以一开始并不觉得稀罕,看价格合适就随便订下了。但是,当这本开本不大的厚厚影集到手里时,我依然被那上百幅大尺寸的黑白铁路照片震住了。

事实上,这些照片的来源五花八门,都是编者布罗斯(Jeff Brouws)和布尔顿(Wendy Burton)从美国各处搜罗来的,有些来自铁路行业的展示与交易会,还有一些我觉

技艺与感知

得很可能来自镇上杂货店或集市里的旧家当甩卖。几张略模糊的小照片显然经过了许多风霜,而另一些看起来纯粹出自业余摄影爱好者之手。但这又有什么关系呢?布罗斯和布尔顿两人以惊人敏锐的眼光找出了各式铁路风景的亮点:或田园气息浓厚,或蒸汽力量磅礴,或有工业都市的钢铁筋骨感,或只是桥梁、隧道、山路完美的几何轮廓……正因为技巧上不做作,全无刻意渲染,它们都是那么真实、动人,一如自家祖母相册里某张不起眼的旧照。书里还附上了一篇长长的散文,讨论了20世纪初期开始的铁路摄影的审美嬗变,与照片两相映照,简直称得上一阕伟大的"机器史诗"。

记得一位在美国开越州货运卡车的老友曾对那里的铁路设计赞不绝口,对我说那是人类科技与自然完美融合的奇景。而这本册子所选择的黑白摄影表现手法,恰恰凸显出了铁路最肃穆、本真的那一面(甚至还有几张事故的现场,让人凛然),很难想象一本五颜六色的小册子能激发出读者类似的敬畏感。况且,无论从封面、排版、纸张,还是厚硬质地掂在手中的酷酷感觉,它都是那么的无可挑剔。难怪亚马逊上有读者打趣说:"有人收集弹子、银币、邮票……瞧瞧人家最终收集出了什么?"

我问自己:既依开头所说的定律,冰冰冷的铁路怎能让我产生如此大的感动?想来想去,"人"的形象虽很少在画面中出现,可桥梁、枕木、站台、路标,无论是喷薄而

出的浓烟,还是叮叮作响的铁路卡口,哪一样里没有凝聚人的劳动与智慧呢?记得美国作家丹尼斯·约翰逊(Denis Johnson)曾写过一本文笔超凡的微型史诗《火车梦》(上海文艺出版社,2013年),除了对美国山谷、森林等自然景致的描写,作者对伐木工人艰苦岁月的描写就像在你面前真实发生的事,平常的铁路由此多了一层让读者魂不守舍的人情味(当然译者也有功劳)。一片浩瀚大陆若是骨肉,那么铁路就是血脉,看似冰冷,其实是灵动的、温情的,当无名的摄影者把镜头投向火车、铁轨或者仅仅一个生锈的扳道器时,我们立即察觉到,他或她无疑深爱着这片土地,以及这片土地上代代劳作的同胞。

技艺与感知

极迥色、哈勃与窗外

这个看似奇怪的标题和摄影有关。

故事还要从一年前说起,作为一位摄影爱好者,我常常会参观一些有意思的展览,其中的一次便是2014年春天去上海莫干山路50号的EPSON影艺坊,展览名曰"极迥色"。此语为何意?原来极迥色是佛学术语:迥者,深远义,是指对光、影、明、暗等分析至极远,故素有"极迥色并非眼识之所对,而为意识之所缘"的说法。该展所呈现的是形形色色的微观物体,即矿石、沙砾、尘埃的晶体或者植物的纤维构造。拍摄者用偏光显微镜与摄影技术结合,冲印成尺幅后,单张就能占据半个墙面,形如一个绚烂之至的微尘世界,让人啧啧称奇。

不过,它打动我的主要原因也只是新奇和陌生,随手取了一份介绍展览的小册子,时间一久,真还忘了这次经历。

2015年4月,一件看似不相关的事情突然又让我想起了它。原来,为了庆祝哈勃太空望远镜在4月24日迎来的25岁生日,美国国家航空航天局重新整理了它曾经拍过的著名照片:既有拍自"船底星座"星云的雾气状巨塔(这些氢和尘埃混合物所腾起的高度竟达光年之巨),也有哈勃最早所拍的、气势上毫不逊色的"创生之柱"。有人说它们像是托尔金在《指环王》里所描绘的中土世界,可我首先想到的无疑是箱底压着的那本"极迥色"小册子!没错,它们之间太像了!

斑斓、奔放,几何形状几乎完全超越人类的工巧,一切绘画都要相形见绌,这就是微观镜头与太空摄影的共通之处。你若亲眼看见,一定会升起想象:是不是每一粒恒河沙中就有这么一个大千世界呢?

本来以为故事到此为止,我存下了哈勃发回的天文照片,又收好了"极迥色"展览的简介,琢磨着哪天写个对比文章一定不错,配图也很能抓人眼球。嗯,就这么定了。

可是,峰回路转。前两天,一位远方的朋友为我寄来了一本画册。我随意翻翻,似乎没能发觉什么亮点,唯独一幅模模糊糊的黑白照片下方,一行小字抓住了我的视线:"人类历史上第一张永久性的真实场景照片。拍摄者:法国人尼埃普斯(Nicéphore Niépce)。"看到这里,我不禁肃然端容,开始重新打量起这张几乎不能称作照片的照片。

它是黑白的,还模糊,像是失焦了,拍摄于1826年,名字叫《窗外》。画面两侧是农舍房屋的侧立面,中央像是白色的斜屋顶，周遭似有树和矮房，远处像是朦朦胧胧的海岸线。诚实地说，它更接近一张版画或素描，不过，它真的是一张照片，人类历史上第一张有真实意义的"照片"。所拍的其实是尼埃普斯自家的庭院，他采用照相暗盒，在一块涂上朱迪亚沥青的锡板上完成了这一杰作，因曝光了八小时，太阳从这头照到那头，致使照片两边同样明亮。虽然尼埃普斯更早的一张作品是在1825年完成，但那是对着一幅牧人牵马的雕版画拍，而不是真实场景，据说最后也卖了45万欧元。

就这样，三张来自不同人或设备的照片，极其巧合地同时摆在了我的桌子上。更加让人诧异的是，它们之间并无一点点的违和感。这是为什么？我一下子愣住了。显然，很清楚的事实是：1826年的《窗外》是后世所有照片的鼻祖，无论是哈勃拍出的浩瀚宇宙，还是偏光显微镜下的"极迥色"，都该尊敬地向它俯首称臣。可是，尼埃普斯恐怕做梦都没预计到，两百年后的人类，可以将自己的视野拓宽到如此不可思议的领域与空间。1826年的那一天，也许下了一场雪，空气中还留有湿润的清凉，尼埃普斯只是在庭院前安稳地、轻轻地摆好了暗盒的位置，抽去盖板，却没料到这曝光的八小时竟开启了人类长达两个世纪的神奇视觉旅程。至于他与达盖尔后来合作改良技术，那就另有别论了。

话说回来，这三张照片，又何尝不是我们生命的真实写照呢？哈勃镜头,无限向外;极迥色的探究,不倦地向内;而《窗外》又是什么呢？每晚农舍炊烟袅袅,四溢着饭菜的芳香,当一家人聚拢在数片瓦下的栖身之地时,你一定会理解《窗外》所呈现的,正是在茫茫宇宙与夸克、玻色子等最小单位的极端间,我们所能觅得的温暖踏实的小小驿站。

技艺与感知

来自捷克的镜头双关语

说捷克文化,本应提一提卡夫卡、落陷于纳粹或受制于苏联的那段历史,说它的音乐或者说它的流亡摄影大师寇德卡(Josef Koudelka),不过在读顾铮先生这本《生命剧场——扬·索德克的世界》时,我首先想到的却是电影。

电影《失翼灵雀》是我印象很深的捷克老片,说的是20世纪80年代末工厂劳改小组的一些讽刺故事,里面的人物都心知肚明劳改政策的荒诞之处,但又无处撒气,只好互用冷幽默解闷,在导演伊利·曼佐(Jirí Menzel)颇谙轻盈之美的操作下,本有的刺痛人的东欧式沉重,拍得不那么令人难受,反而有点酸甜的回味。

我接着想到的是捷克动画大师杨·史云梅耶(Jan Svankmajer)的几部作品,如特别惊悚的《贪吃树》。它们的题材不外乎是童话,可史云梅耶借助画面所完成的人性剖析甚至比弗洛伊德的心理学文本更为彻底、狠辣。你自然可以把它们解释成导演自个儿天马行空的梦境,也可以说成东欧特定历史时期下,人们对社会的抗争与反讽。但无论如何,当《失翼灵雀》还想用一点幽默来抚慰人类的痛苦与动乱时,史云梅耶的动画小人儿们却来了一场关于彻底绝望感的构筑,或干脆说"以绝望来分娩希望"。

举以上两个例子,我是想说明:与同胞伊利·曼佐和史云梅耶一样,扬·索德克(Jan Saudek)的摄影作品同样不乏"捷克式"的表达习惯。若不了解这一点,恐怕会误解他的心怀。

顾铮书中选用的索德克作品林林总总覆盖了摄影师的大部分成就。然而,仅凭第一直觉我必须承认,索德克是玩双关语的大师。他拍裸体时,着眼点却常常放在粗陋和怪诞——有些还是特意浓妆或摆拍,完全称不上优雅,反而令人觉得悲哀——的人类躯体上。他拍孩子,并不要拍出孩子在影楼相册里的天真可爱,反而要表现超出他们年龄太多的严峻、凝重与成熟——这样的角度,我们熟知的许多摄影师往往视而不见或刻意避免。有人故而拔高其地位,说索德克重新定义了"身体"为何物,可他本人反而承认起了自己的鄙俗,不愿计较所谓的文化厚度……然而观者无不明白,他的照片里那种历历在目的莽荒力量,从最底部游走开去,惊破了画面,逼着我们像看着镜中的陌生自己一样注目凝神。

为何要玩如此残酷的双关语游戏呢?为什么放着好端端的人像摄影不拍,非要揪开人们的伤疤才作罢呢?

技艺与感知

我首先注意到的,是在索德克许多著名照片中都出现过的那面斑驳之墙,竟然不是他刻意布置,而是与他多年艰苦的地下室生活日日相伴的——"夜以继日,我听着该死的石膏从墙上脱落的声音。我在那儿住了七年,拍摄所能见到的每一个人。"换句话说,那不只是一面墙了,也是他的画布、他的小戏剧舞台,在出色的暗房技巧下,那斑斑驳驳分明是痛苦的墨迹漏痕。其实,还有许多照片里不可见的故事——他是大屠杀的幸存者,虽并未回忆过集中营的生活;他的作品长期被捷克官方封杀,批评严厉,底片失踪,面对"如何咀嚼出贫乏物质中的汁液"这一许多艺术家都会面临的考题,索德克决定了作品并非单纯地注释现实,也不愿从宏观的角度提炼出社会寓意,而是凭借对人们惯有空间界定的挑战,展示出了我们自己身体在奇特景观元素(有时几乎是梦境的延伸)中的微妙处境,而他的这一"逃遁"彻底印证了卡尔维诺(Italo Calvino)的话:检测黑暗的深度和广度,同时意味着检测光明和欢乐短缺到了什么程度。

桑塔格(Susan Sontag)对摄影的定义概念有两重:回顾、保存过去,呈现、直面当下。布列松(Henri Cartier-Bresson)的"决定性瞬间"被很多人推崇。但这两者与奇特的索德克的真意都少有重合之处:索德克更愿意用摆拍的,乃至略微做作的方式,模拟出一个"暗世界",即我们意识之下的潜在河流。这与史云梅耶对自己动画创作的定义"无关乎记忆,而是情绪,不存在于意识,而是深藏在潜意识中",又是多么相似!

很多时候,我们纵然知道,艺术的生命往往在于以变形和移位反陈规,可勇敢如斯的游戏,恐怕也只有索德克玩得出来,愿意付出时间、精力和社会争议的代价来完成。2014年他来上海的讲座,我去听了。早已上了年纪的大师一袭黑衣,精神矍铄,在偌大的演讲台上手舞足蹈,让人惊诧那是一个多么旺盛澎湃的生命体!柏罗丁形容过人类"是介于天神与野兽之间的",对于其他人我不敢妄评,此话放在索德克身上,恰如其分!

技艺与感知

那些废墟的故事

当代美术史大家巫鸿写了一本《废墟的故事》,很值得一读。我便不由得想起来自己与废墟的一点经历。我将旅程中拍摄的那些照片整理下来,发觉自己最满意的两张静物摄影竟然不约而同都是废墟的场景:一张是芦潮港的破旧碉堡,另一张则是行路时偶遇的一堆建筑废料。当时我没想到其中的结构、光影大有洞天,直到今天都觉得这个发现宝藏般的过程美滋滋的。

大诗人T.S.艾略特(Thomas Stearns Eliot)在《烧毁的诺顿》中写道:"如果一切时间都是永恒当下,一切时间都不可救赎。"我揣摩着,他的意思可能是:时间天生就有一种恐怖的毁灭力,但在过去、当下、未来之间找到一个避开(或者说救赎)的方法并非不可能。

这么想来,当红的两位摄影达人马夏德(Yves Marchand)和莫弗雷(Romain Meffre)似乎就有志于这么做。他俩是"骨灰"级别的"废墟发现者"了,眼光很独到,数年间特地去各地拍"破落剧院"(比如曾经人头攒动的纽约派拉蒙剧院),拍"被遗弃的火车站"系列(比如

1913年完工于底特律的密歇根中央车站、1929年完工的纽约水牛城中央车站,它们都曾是美国人树立自信心的灯塔),最终出来的照片都很有震慑力。有人形容为:"好像中世纪的石匠留下了石头空洞地诉说着不为人知的故事,空荡荡的售票大厅如同一座矗立的纪念碑,回响着幽灵的玄音。"对于这些废墟而言,时间在何处?现在和过去又对它们产生了多大的意义?这些可能正是马夏德和莫弗雷思考的方向。

其实在最近几年,当代艺术中的废墟理念已有了蓬勃发展,无论是刘小东的"三峡"系列画作,还是爆破艺术后的支离现场,抑或大量拆迁前后的对比摄影作品(包括前一阵子很红的废墟涂鸦画家玛兰(Julien Malland)的废墟涂鸦)……这些短暂而叛逆的艺术品并不意味着拍摄对象的卑微,反而正因为冲突,让种种独特的世间存在有了更鲜活的生命力。它们无不在强调着:"消亡"也是生命的一部分,你接受它,然后应该爱惜它。经历过德累斯顿轰炸的黑色幽默先驱冯古内特(Kurt Vonnegut)说"人不应该回头看",仔细揣摩起来倒更像是一种反语。

上面提到的这些废墟林林总总、各式各样,但终归不如我所看过的一个"人为痕迹"极重的废墟展品来得震撼。

那是上海没顶公司出品的《平静》。它其实是一堆砖石的废墟,低矮平坦、落满尘土,据说碎石来自温哥华

技艺与感知

的一个犹太会堂,其布置特征很鲜明:废墟在边缘处降下来,降成一个修剪整齐的、长15米宽8米的矩形,与"废墟"概念有着奇特的反差。因为一般概念里,废墟是无序的、杂乱的,或者说无人愿意花力气打理的,可是这件装置却给我们提了醒:它多像是海上的一片平整甲板!据说《平静》在温哥华展出时,紧邻一条繁忙的市中心大道乔治亚街,许多加拿大人在走路、开车、购物、旅游或社交时都会瞥到它,人们往往驻足凝视或呆望,心里一下子空灵了许多。曾经有懂摄影的朋友说,摄影总是想留住往昔痕迹,那是人们对抗遗忘和时间的一种方式。我倒愿觉得,废墟艺术偏偏反其道而行之,既然肯定留不住,又何必与之对抗呢?作品的名字起得真好:《平静》——但愿你我经过的每一片废墟都能带来超然与平静。

"有中的无"和"无中的有"

——四部文艺作品中的奇妙照应

说来也有趣,2016年我先是看了一本关于"寻找"的书,接着又看了一部关于"寻找"的电影,于是暗自纳闷:是不是当下的文化界正时兴"寻找"这种有悬念、似侦探的概念吗?

我所说的新书就是广西师范大学出版社的《寻找孙佩苍》,电影则是2016年一部获奖纪录片《寻找薇薇安·迈尔》(*Finding Vivian Maier*)。先说孙佩苍,他曾任东北大学教授、里昂中法大学校长、国民参政会参政员,但今天看来他的主要贡献是旅欧期间凭一己之力搜购了包括库尔贝(Gustave Courbet)、德拉克洛瓦(Eugène Delacroix)、苏里科夫(Vasily Ivanovich Surikov)作品在内的大师画作。1942年,他在成都举办画展期间离奇猝死,大量藏品也下落不明。书中所讲述的便是60余年后,其孙子孙元寻找祖父踪迹的故事。书中令人印象深刻的是孙元为弄清事实,一次次坚韧地去世界各地的图书馆、档案室查找资料,去相关故人家中拜访,过程坎坷,难度极大。难怪陈丹青说:"这故事实在是民国的传奇,是画界的美谈,是一份迄未明了的家族疑案,更是中国近代史屡见不鲜的糊涂账。"转观纪录片《寻找薇薇安·迈尔》,2016年多伦多国际电影节首映就赢得了好评。影片揭示了一位"摄影保姆"的双面人生:薇薇安默默无闻做了40年保姆,去世后却留下十几万张芝加哥街景与人像底片。影片从尘封底片的分批冲印过程开始,与目不转睛的观众一起探索着这位"打酱油的"保姆到底是一个有着什么样性格、什么样癖好的大隐之人。可是与照片里"板上钉钉"的卓越品味艺术相比,那些对薇薇安真实人生的判断顶多停留在猜测中。

这两次"寻找"不约而同地有着丰富的佐证资料,可是数不清的"有"后面,却都隐藏着一个巨大的、仿若黑洞般的"无"。甚至你能产生类似的感觉:无论是对孙佩苍还是薇薇安,你知道得越多,形象就愈模糊难辨。

有趣的是,我发现在新近出版的文化类书籍里,恰恰有两本与上述例子情形反面的书:美国作曲家约翰·凯奇(John Cage)的《沉默》与日本设计师原研哉的《白》。为何如此形容呢?这两本书说的都是"无"的故事,与禅宗中的"空"颇为类似。可是凯奇偏偏"无中生有",谈沉默时带出了一大串滑稽如舞台剧的小故事,你几乎不会怀疑:生活中乐观开朗的他是最不容易沉默的那个人!自然,人们会以为书名所暗指的是名曲《4分33秒》,但实际上凯奇在暗示:"如果一首曲子在创作时不带任何目的,头脑会如何理解静默的变化?以前,静默会流逝着,曲子终了时才出现。而当目的不存在时,静默反而成为声音,头脑自由地聆听。"(《作为过程的作曲》)换言之,凯奇希望声音变成随机而真实的东西,并不应苛求一种安排。

但原研哉则稍有不同。由于受日本文化的深刻影响,这位大叔说起"白"真是简语藏锋,玄机不断,好似一位禅僧在话头上喝你开悟。所以比起凯奇的巨厚书本,薄薄小书《白》真是简约到了极致,与他所创立的无印良品(MUJI)风格全然无二。他深刻地诘问:白是一种颜色吗?它像是,却又不是。比白更白的白存在吗?书中的解释是:"绝对的白"其实是不存在的,真正有意义的恰是人们感觉白的方式。它是"全色",又是"无色",在日本词语中形容为"机前",也就是包含着无数可能性的意思,因为它是生命脱离了混沌后最初的形式。无论是茶道、花道,还是日本的园林、建筑,都在像"白"一样维持着一个陌生、待解决的过程,而不去追求颜色的累积与叠加。日本人高度尊重绘画中的留白,尊重娇嫩脆弱的纸张,就像他们在生活和会议里常常用"沉默"来表态一样,这难道不是约翰·凯奇观念的东方版吗?

如若将这四部文艺作品细细从头品到尾,您应该也会像我一样认同它们的前后照应吧。其实,我们自己的生活如能保持一定的简单、空白,不急于追求答案,反而注意问题的初始阶段与过程,有时倒是最好的答案了。在"有"里谈"无",在"无"中说"有",多亏了艺术的启发。

当端起相机,我们在想些什么?

——兼谈了解"看"的几本书

早就听人抱怨,我国游客只看取景框,不看景,要多无奈,有多无奈。还有一次,一位做研究的朋友告诉我,游客喜欢拍照的根本在于体内那条不自觉的"获得—产出"链条的本能。他说摄影的一瞬间,你既在"看",也在诉说;既在收获,也在产出;你既是信息与造物的宠儿,也是偷着乐的小小造物主。摄影的迷人效用恰在于此,有时,产出的满足感还会越过"获得"几成。哪怕最后家中相片堆叠到一起,哪怕只留有一次性的品赏机会。

2017年辞世的艺术批评大家约翰·伯格(John Berger),他的一册《看》反复再版,是经典。中译本里最出彩的段落,我觉得倒不是他对照片的讨论,而是关于画家席克·阿梅特·帕莎(Şeker Ahmed Pasha)在伊斯坦布尔完成的一幅森林油画的评述。他认为,画中毛山榉和周遭的透视关系是失实的。出乎意料,它给每一位观者的印象都逼真而震撼。而我的初步观感是,画作更接近曝光失败后的底片重叠所得到的草率痕迹,却草率得非常美。记得罗兰·巴特（Roland Barthes）说，照片有二元：知面和刺点。知面是某种一般性、常态性的东西，也是人们望出去前那一瞬的画面；刺点呢，能被形容成预料之外的小细节，即人们望见"它"一瞬后的恍然察觉。每一幅好的油画，与每一幅让人难忘的照片一样，皆因这两者的相辅相成，方才获得巨大的再解读空间。

看来，"读图"是小事，如果想真正深入本质，会发现并不简单。当仁不让的导引是哲学家萨特（Jean-Paul Sartre）的一册不太惹眼的《想象》（*L'imagination*）。书里说，斯宾诺莎（Baruch de Spinoza）认为影像实际上具有双重形态——影像件本身，和人所见，存在差异，因为影像被人的理智渗透了。可是柏格森（Henri Bergson）对此态度全然不同，他认为一种影像可能在未被知觉的情况下存在，先是没有表里之别，但当我们的身体无形间不断强调着影像里那些潜在的"点"，导致最终所见的"它"慢慢浮到了表象的位置——他用了"推断"与"描述"来形容这种主观心理过程。依他的理论，观察的前提规律是："影像一旦被知觉，就被固定和排列到记忆之中。"听上去是不是格外在理？

柏格森的理论貌似是完美的，可没料到，后辈又对"物—影像"关系进行了一次颠覆。斯佩尔的话像是一阵惊雷："我们注意的不是感官直觉的对象，而是意指。"这种"意指"也被萨特所首肯，他口中唤作"言及物"。简单来说,你的目光注意到了花,其实意识触及的并不是花,而是花的虚拟概念——这一概念不具备真实属性,仅是(脑内)一次与"花"的概念有关的、"意向活动的运动方向"罢了。我的天,这么拗口而虚无的结论,难怪存在主义的拥趸如今越来越少了。

还别说,经萨特这么一"开刀"后,倒很是利于彻底阐析人对艺术品的观看本质。"看画"一事,毕竟不能等同于看花,在当下的美展环境里,我感觉更多的是将眼前的小框框和肚皮里的作品库比对认知。如果你想从生物视觉角度把"看画"这件事了解得更为彻底与理性化,那么贡布里希(Ernst Hans Josef Gombrich)已有中译本的《艺术、知觉与现实》无疑是个佳选。我读后觉得,它保准会吸引住本就打算做艺术分析的油画系学生。

与其他艺术门类不同,从诞生之初,摄影一门里就有极多的业余者。按沙考夫斯基(John Szarkowski)的说法,摄影之于他们是娱乐习惯。但这不重要,沙补充道,因为摄影自身的一类功能是"镜子",另一类则是"窗子"。什么意思呢?或者观察到自己的观察(对于审美价值的不自觉表白),或者帮助身边的人观察到对世界的一种观察(又拗口了)。悲观点说,倘若我们间只存在少数专业摄影者,这两个积极向前的核心意义不免会变得很淡薄,照片里的艺术也仅能停留在某种考古与纪念碑式的层面了。

我记起美国人理查德·阿威顿(Richard Avedo)拍过

一幅出名的《养蜂人》,他让身上爬满了蜜蜂的人站在白色的背景前,其肖像最终被放大到和真人等身高的尺幅,看着是有点瘆人,这难道不在暗示着:拍摄者、被拍摄者与欣赏者三人借此方式,已尽可能地平起平坐吗?以往我们的"看"之策略,是在不同环境下形成狐狸一样变幻的窥视角度。但此时不一样了,真正耐人寻味的东西出现了。好吧,就说这么多,你我平时端起相机"咔嚓"的那一秒钟,这些关乎心理活动的隐晦知觉,基本是不会被留意到的。

补记:

杨德昌的电影《一一》里的小男孩洋洋发觉爸爸送他的相机有个奥秘:总是拍到人的后背——这代表别人也只看到自己的前方。电影中的对话是这样的:

  洋洋:爸比,你看到的我看不到,我看到的你看不到,那我怎么知道你在看什么呢?
  B:你问的问题,爸比还没想过。
  洋洋:爸比,我们是不是只能知道一半的事情?
  B:你在问什么,爸比听不懂。
  洋洋:我只能看到前面看不到后面,这样不就有一半的事情看不到了吗?
  B:你的问题好像太多了哦。

耳

聊聊配乐那档事

哲学家阿兰·巴丢（Alain Badiou）说过："电影无非是拍摄和剪辑，除此之外别无其他。"

他将电影定位为"第七艺术"——却是不纯的艺术，它只有靠"总体空间"与其他艺术交流、浸染而成就其特质。换句话说，唯通过与"非电影"的联结方能存世。因此它从不妄求加入传统的前六位艺术。

配乐是电影的副产品之一，可又逐渐从中蔓生出来，赢得了独立地位。有朋友告诉我，16 世纪欧洲舞台的戏剧配乐，与我们今天的电影配乐本质无异。按音乐人霍华德·戈达尔（Howard Goodall）的说法，李斯特（Franz Liszt）长达 15 分钟的交响诗《匈奴之战》"画面感极强，可理解成今天好莱坞大片配乐的雏型"。

历来以音乐影响电影者，或者借助电影影响音乐者，并不鲜见。众所周知，大导演库布里克（Stanley Kubrick）更喜欢引用经典，譬如《2001 太空漫游》里的理查·施特劳斯（Richard Strauss），以及更先锋晦涩的利盖蒂（Ligeti György Sándor）；塔可夫斯基（Andrei Tarkovsky）"御

用"的电影配乐家阿特米夫(Edward Artemiev)擅长电子乐;大卫·芬奇(David Fincher)的《搏击俱乐部》和《七宗罪》都用了工业摇滚,并取得了颠覆或戏谑性效果。可以说,电影与爵士、民谣跨界的交流数不胜数,它们的互助每天都在发生。

然而,做配乐的人一向有点吃力不讨好。为特吕弗(François Truffaut)作曲的狄列许(Georges Delerue)、为戈达尔(Jean-Luc Godard)作曲的索拉尔(Martial Solal),那么才华横溢,但知道的人也不多。较早时德国音乐评论家凯撒(Joachim Kaiser)直言不讳:"(严肃)作曲家应当去创作电影音乐吗?不管好莱坞是不是一个能让乐团演奏丰富多彩的地方,有无很优秀的电影配乐,它们也无法与舒曼协奏曲的风格特征,或肖邦前奏曲的丰满性相比拟。"不得不承认,至今电影中采用大编制当代严肃作品的机会仍然较少。

就算最著名的两位"御用"配乐人——与安哲罗普洛斯(Theo Angelopoulos)合作的卡兰德若(Eleni Karaindrou)、与基斯洛夫斯基(Krzysztof Kieslowski)合作的普莱斯纳(Zbigniew Preisner),工作时都免不了争论与摩擦,按普莱斯纳的话说:"信任需要时间,甚至需要某些事件考验它,你越是强迫两人间有感觉就越没火花。"

我们不由得设想:当电影的笔墨重点落在配乐,会不会产生喧宾夺主的反效应? 如希区柯克(Alfred

Hitchcock)的名作《群鸟》(*The Birds*)虽无任何音乐,单凭各式鸟鸣的合成,也不乏巨大张力与悬念;匈牙利导演贝拉·塔尔(Béla Tarr)在运用音乐方面也是出了名的节制,在他漫长的《撒旦探戈》(*Sátántangó*)里,音乐极少,唯有那雨声似乎是上天为影片安设的配乐,衬出拍摄者与观赏者惊人的耐性。毕加索(Pablo Picasso)的那句格言既狠且准:"没必要非画一个带枪的男人,一只苹果也同样可以预示革命。"

还真是那样,这些年看过的片子中,我印象最深的音乐倒并不是如《魔戒》里的大气势,反倒是一些小插曲。如:塔可夫斯基的《压路机与小提琴》(*The Skating Rink and the Violin*),琴童在积水的窄弄里为新朋友压路机司机奏出一支简单的小曲;法语电影《花开花落》(*Séraphine*)的结尾,早期乐器的效果真如帕赫贝尔(Johann Pachelbel)式的风吹麦浪;哪怕是系列动画电影《麦兜》,莫扎特(Wolfgang Amadeus Mozart)、德彪西(Achille-Claude Debussy)等人的短作品被巧妙改写,也孕育出了粤语语境里的暗涌温情。

说到这里,我倒要特别推荐一个短剧集:影山雅司《日本游戏音乐发展史》。它说的不是电影,而是20世纪末颇为不拘小节的游戏配乐。它在回顾一个有意思的主题:电子年代萌芽期的日本人是如何去做"没有人做过的事情"的?虽然8bit的音源粗糙且有"廉价感",但试问那个年代爱玩的男孩子,哪一个没有为魂斗罗、吃豆人、超级马里奥或坦克大战的配乐魂牵梦萦过?而巴洛克、雷鬼和MIDI,何尝不可同时为小小一个街机游戏服务呢?这群"游戏配乐作曲家"不计较文化厚度的心态,我以为反倒比当年板着面孔的评论家凯撒高出了许多。

星云崩解之声

——频谱音乐初探

众声纷杂,融入阴暗之寂静中。寂静乃无限之空间也。灵魂迅疾而沉默地飘浮于世世代代生息不已之空间。灰色薄暮弥漫于此,却从不落到暗绿色之辽阔牧场上,仅降下苍茫暮色,抛撒星宿的永恒之露。

——乔伊斯《尤利西斯》

一

谈到最近十几年的作曲界,频谱乐派恐怕是一个绕不开的话题,然而所谓"频谱"究竟是指什么呢?

正学着电子音乐制作的朋友二话不说,将我拉到了电脑屏幕前。果然,示例再形象不过:倘若仔细观察,他手头编辑着的小提琴声,在电脑软件的频率波表一栏形成了蛋糕状的层叠图形——又像是石子投入湖心的水波纹,只是在频率越高的地方,波纹的间隔越小罢了。一般而言,当琴弓迅速离开琴弦时,振动会立即消失,振幅线条也会形成迅速衰减的趋势。

这就是图像化后的基音—泛音频率规则,自然界之声响,也不能例外。早在古希腊,毕达哥拉斯学派就研究过乐器发音中的数学规律。传说是这样的:毕达哥拉斯听到打铁声时,注意到有些击打声音的组合格外悦耳;他便仔细观察铁锤,发觉一个重十二磅,另一个重六磅,正好形成倍数关系。事实证明,几乎所有的乐器都能吻合震动频率成比例的规律,譬如两个乐器同时演奏出的振动频率是较为简单的比例关系时(如1/2或3/2),声音是明显和谐的。两件乐器如此,而在同一件乐器上的和谐音色,莫不也是由多层次的频率组合而成的,譬如刚才提到的小提琴。小提琴上还能单独奏出自然(单指轻触弦)与人工泛音(双指虚实同按),一般到基音的第三、第四"级"就已相当可观;吉他六根弦上能发出清晰自然泛音约二十个,但超高把位上的准度不太高;我们自己的民族乐器中,扬琴的清透泛音是以中指指尖浮点轻触所击琴弦获得的。

作曲范畴内所讨论的"频谱",笼统说来,就是将声音频率的规律客观化与数学化。请留意下文采用的是"泛音"这一译法。实际上我们说的第一"泛音"就是指第二"谐音",第二"泛音"即第三"谐音",以此类推。玛丽-克莱尔·缪萨(Marie-Claire Mussat)的《二十世纪音乐》的总结较为简洁:"由具有声学属性的材料构成的音乐,就称作频谱音乐。"可以说,正是基于了对声音基本属性的认识，法国作曲家们创立了轰动一时的频谱学派。

杨琭琭所作的《法国频谱音乐简介》一文，优美地形容该学派的思想渊流："作曲家发现，声音的参数决定了其波动或显得模糊的特征，就像一部置于一组声音'光影对比'之下的作品。从谐波分布、泛音的相对强度到声音的组合和波动，这些都给予每一个或每一组声音独有的氛围。"

理论方面，频谱音乐的音高结构一般基于泛音音列（有时甚至是每个八度按照等差关系缩放形成的"非八度循环"谐音列），那是按弦长比例产生的音高关系，所以更加接近纯律。特别是较高泛音上的微分音，在十二平均律中无法做到。在整个泛音列中，基音一般被强调的程度最大，此是其一；前几个泛音的关系基本是四五度，但越往后越会出现微分音，到了32号泛音后就出现了八分之一与十六分之一的音高，频谱密度越来越大，而音响就愈加地不和谐，这是其二；另外还有一个很重要的概念：共振峰。每个泛音内部都有一个最高响度的区域，取其音量的顶峰值就是共振峰，它直接决定了泛音的音色，继而决定了音响的面貌。在实际操作中，频谱作曲家往往热衷按照泛音列的共振峰比例来设计与安排各声部的音高关系。如此一来，音乐从本质上成为一门最接近数学的艺术——可能比绘画要接近得多，因此足以基于物理学的算法，依托电子技术的实践，自成一统。

杰哈尔·格里塞（Gérard Grisey）是频谱乐派的代表人物之一。尽管在他之前，五花八门的记谱法已经遍布世界，但也许只有格里塞，才让我们真正地意识到传统谱曲思维早已不代表音乐与音乐创作的唯一存在形式。1946年，格里塞生于靠近法瑞边境的贝尔福特，年轻时做过梅西安（Olivier Messiaen）和杜蒂耶（Henri Dutilleux）的学生，也去1972年的达姆施塔特参加过当代音乐进修班，跟随泽纳基斯（Lannis Xenakis）和利盖蒂学习过作曲。他20世纪80年代任教于美国伯克利，晚年回到了巴黎。

实际上，格里塞并不是一个天生的频谱主义者。1939年生的英国作曲家哈维（Jonathan Harvey）在他之前就倡导过"色彩分析法"——他的焦点在于音色本身，比如认为瓦格纳等人才是频谱运动的真正先驱，但哈维这么解释有将问题简单化之嫌。到了1973—1974年，格里塞写出了著名的《漂移》（*Dérives*，与布列兹作品同名），一部为两组乐队而创作的作品，这标志着他对序列音乐语言和美学观的彻底宣战，走入了"创作音色声音时代"。可是《漂移》和《异音》（*Heterophonie*）仍旧没有放弃使用传统和声作为伴奏素材。再听听他1979年为六位打击乐手所写的《时间机器》（*Tempus ex Machina*），二十二分钟长的曲子由轻不可闻的定音鼓掀开帷幕，未料想接着出现的竟然是史蒂夫·莱希（Steve Reich）那般的错落节奏，又像是荒郊乡野、雨声潺潺下的古琴，似乎依然和频谱关系不大。

格里塞接下来所做的尝试，一方面源自较成熟的声学理论，另一方面则源自工作室的技术手段。他这时在工作室的工作，意图进一步研究器乐与电子声响的衔接与平衡，试着超越施托克豪森（Karlheinz Stockhausen）与利盖蒂所掌控的"疆域"。格里塞曾盛赞利盖蒂、梅西安和施托克豪森三位是频谱音乐"三位一体"中的"圣灵""圣父"和"圣子"。我们可以这样理解：施托克豪森的观点"节奏是控制音高与音色之后得出的产物，音与节奏的关系是在音频构成要素的乐器垂直线，与推移整体音响形式的平行线作用的过程中展开的"，对格里塞起到了启发性影响，使得传统音乐的要素得到了很大程度的弱化——而让"音色"二字囊括横向与纵向的一切，包括多声部在纵向上的强弱比例；利盖蒂又在《中提琴奏鸣曲》这样大量使用微分音的曲子（第一乐章"缓慢的歌"在中提琴 c 弦上走出了以五度比率为基础的和声旋律）中，对频谱音乐的风格成型有着另一层面的推动作用。

此时此刻，为频谱学派提供了一定理论先导的另一位意大利作曲家塞尔西（Giacinto Scelsi），正在巴黎狄德罗第七大学做着频谱分析。整个频谱学派中另几位成员包括梅西安的学生、受格里塞影响的胡雷尔（Philippe Hurel）、米哈伊（Tristan Murail）以及杜福（Hugues

Dufourt)等;与格里塞基本同辈的两位罗马尼亚作曲家如杜米特雷斯库(Iancu Dumitrescu)与奈米斯库(Octavian Nemescu)所进行的频谱探索,针对了"共鸣"产生的原理,也别有一番趣味。米哈伊在 *Gondwana* 里使用了钟铃这样非谐波频谱的乐器合成,而另外有些作曲家(如哈里·帕奇(Harry Partch))甚至还特定为频谱作品设计一件专门的乐器。与频谱学派近似的还有一位名为布莱恩·伊诺(Brian Eno)的英国人,他从20世纪70年代开始研究的基于"波纹指标"的氛围音乐(如专辑 *Discreet Music*)同样是由各种输入变量后声波的交错干涉构成的。没想到圈子不大,内部竞争还真是挺激烈。

"用电脑合成出来的音乐都很难听。可能我们这些老耳朵还不能适应新音乐吧。实际上,我也试图喜欢过新音乐,比如用电脑重编的小号声,可是最让我讨厌的一点是它们从不犯错,有理论认为,音乐的感人之处就在于那有一些错误的地方。伟大的女歌手唱歌也会走调。如果时时都唱得准确无比,就没有意思了。"这是意大利小说家艾柯曾经在书里的抱怨。他认为正是那种相对于标准的轻微偏差给了我们乐趣,而电子音乐往往是精准的、僵化的,或者说包豪斯式的、太精准的演奏本身使调性音乐变测可控,传达的信息由此变弱。艾柯所说的并非没有一点道理。格里塞的最初听感,兴许会与早期施托克豪森的乐队作品(如《群落》《方形》或《混合》)有些类似，不过肯定与当时活跃于法国的布列兹、泽纳基斯完全不同。应当承认格里塞作品中所蕴含着私密化与高度的抽象性，同时还有一种莫名的幻灭感，让人联想到梅西安。然而，完全不似施托克豪森与梅西安的地方在于，他的唱片不会太挑战你的脑细胞，只须放松地听就好了。即使对高深理论的前提全无知晓，你我亦可充分享受其中，《声响空间》即一个绝好的例子。

二

《声响空间》(*Les Espaces Acoustique*) 是格里塞最重要、最长且一直是研究者精力最集中的作品之一。他于1976年开始谱写，十一年后方告完成，共分为六个乐章，分别为：

《序曲》(*Prologue*)，中提琴独奏，1976年；
《周期》(*Périodes*)，乐手7人，1974年；
《泛音》(*Partiels*)，16或18人，1975年；
《调幅》(*Modulations*)，33位音乐家，1976—1977年；
《瞬变》(*Transitoires*)，大乐队，1980—1981年；
《尾声》(*Epilogue*)，大乐队，1985年。

格里塞也承认《声响空间》是他"频谱音乐的实验

室",启发了日后的一系列进步。Kairos厂牌下的双张《声响空间》所附小册子挺"霸气"的,竟然全部用法文,可见出版方不止一点点自信,但这套确实是该曲最成功的演绎典范之一。Accord和Kairos是两个小厂,除非是常去法国的朋友,大多不太容易买到,在国内订货也稍有困难。另外可选Accord厂牌下的录音,它由法国Court-Circuit现代乐团完成,他们也是频谱音乐方面的专家。

第一乐章《序曲》就以中提琴独奏开场(担任独奏的是Arditti Quartet的第一中提琴手Garth Knox),像从一个"小小的细胞"生长到了澎湃的海洋生物群落,而其高音颗粒充斥了微生物在显微镜下的触感和颤动,极端处略接近噪音,但依旧不失纯粹的色彩。格里塞极有设计感的想法在于,从第一首《序曲》到最后两首,编制从一把中提琴慢慢拓展到了84人的大乐队,这一过渡与渐变的效果在那个年代可谓惊世骇俗(最终基本就是一大条"噪音曲线"了)。《序曲》据说还出过三个版本:一个是中提琴独奏,用于声共振器和用于虚拟共振器的版本;另外两个是在中提琴之外加入了五个附加的"共鸣体"乐器。

《周期》一段既是全曲最早完成的一段,也是全作品里最早让听众领会到早期频谱音乐激进和声效果的一段,由此可以想见首演现场观众会如何地瞠目结舌。这里依照作曲家的说法,三种片段(紧绷、松弛与静止)分别对应于人类的呼吸——吸气、吐气与静止,它的结尾处,变格定弦后的中提琴独奏再次露面。继而是导向下一乐章的连接部,乐队逐渐开始由低音乐器主导,与乐章开始处如出一辙。那种"人造和弦"的稠密再次出现。但乐章的终结处是放慢的,鼓手在鼓面上轻轻拍拂,其他乐手的低音量听起来多少也有点漫不经心,好像即将曲终人散。不过这是作曲家安排的戏剧假象,最后还是动用了整支乐队的力量,用渐强至极端的骚动终结了它。

巨象的迈步开始了。写给十八位演奏者的《泛音》开头,整支乐队在细节层面"动起了手术"。事实是:长号上的一个E音被拆解到了更细的组成部分,在各自的振幅上加以对比、交流。此时,基音反倒是最轻的,而第五与九级泛音较为响亮。器乐对长号的低音E进行模仿,实际上是建立在对声音进行声响频谱分析的基础之上——先将长号的E分解为多个泛音组成部分,低音提琴开始从第三个至第七个E音(泛音)作周期重复,随即将其泛音分配到不同乐器上进行合成。为了乐器上实现起来方便,他尽可能地简化为四分之一或八分之一微分音。最终,乐队里每一件乐器都奏出低音E在自然和声频谱中的一系列频率。这种用纯粹的器乐性音响模仿电子声学效果的方法,被格里塞命名为"器乐性合成",恰恰是这些频率交融,成就了该乐章的声音个性。

开场处的声音犹如来自远古的战场,低音提琴和大号等低音管乐器奏出大地开裂般的轰鸣，令人汗毛林立，到了乐章中段的长笛等高音声部，像是一个无数生物从缝隙里攀爬、飞跃与逃逸的"镜头"，乐章最后倒又像是细细的鸟鸣、溪流和树叶的摩擦声了。在乐章的后半段的"稳定和声区"里，木管乐器如长笛和单簧管的交织非常惹眼，它们的合作既像是树林中的群鸟啼鸣，又仿佛对乐章的容量起到了某种扭曲与拉伸作用。容我揣测，此般和声组合大概可归为当代作曲"奇妙又不免带些诡异"效果的一个范例吧。听完《泛音》乐章，你大约会意识到格里塞的那句格言："不再以'音符'作曲，而是直接以'声音'。"此言并没有夸大。

不用多解释，为了完成泛音的细密分配，乐手听觉也必须超常精细才行。据说格里塞能从第一个基音一直听到它的第十一个泛音，可见他谱曲时"戴着"一副什么样的耳朵！自然没法保证人人都如此，所以有港台乐评家坦言：要用传统乐器合成如此精密的演出效果（有时谱上出现繁多的指示），所付出的精力无疑数倍多于简单用电子合成器完成任务。事实上，当一个繁复乐段一定要用真实器乐奏出时，演奏家敏锐的听觉也可能不够用，即便演出复原度再高，很多时候器乐的分辨能力一定没法细腻到与创作思路全然一致。其实这在频谱音乐中也挺常见，行话称作"变形"或"不统一"。尤其当乐器众多时，人之感性与理性两者往往会形成奇特的混搭效果，对它们不规则的摇摆偏差的预知,也会成为谱曲时所关注的一大要务。这恐怕也是为何从一开始,频谱乐派的作曲家们就倾向成立专属乐队,便于随时密切沟通。

第四乐章的编制发生了较大改变。唱片中作品第二、第三乐章的演绎者都由小编制的阿斯科室内乐团(Asko Ensemble)完成,但第四乐章《调幅》开始之后的乐章都是科隆的WDR交响乐队演奏,尤其在铜管乐器声部上呈现出教堂应答圣咏般的风味,又在某种程度上像与老师梅西安的《图伦加利拉交响曲》里那听得人手足发麻的铜管,遥远地交流着什么。

庞然大物般的《瞬变》出现了,它开始蜿蜒地行进,向高潮踱步……这简直是名副其实的"渐变",而不是什么"瞬变"!大乐队部分让我不自主想起了瓦格纳手底的序曲合奏写法,多少像是个古怪的巧合。之后,长时间孤独着的打击乐手再次高举起了手中的钹,低音提琴上无限重复着和弦,乐队则在各种频率上模拟着它。由于用到了全编制88人的乐团,作曲家能在谱中逐步加入更复杂而新颖的泛音组合,据说《瞬变》的顶点时分已用到了E音的第55个泛音,真是令人难以置信。另外值得注意的是,格里塞在最后两个乐章里都用了电吉他的拨奏(他早期的《漂移》里也有电吉他),那种凛然的效果就像乌云压城,古拜杜丽娜(Sofia Asgatovna Gubaidulina)的那首《时间形态》(*Zeitgestalten*,1994年)不也是让电吉他成为主角吗?

最后一曲《尾声》里,你会感觉再次进入了某种混沌状态。音乐的复杂织体又一次被削减到独奏中提琴上,将作品开场主题再现。不过这次它的形式有些支离破碎,四把圆号进入(独奏部分由澳大利亚圆号手 Andrew Joy 完成),他们吹出的调子有如进入了黑洞,歪扭而模糊不清。曲子就在这样一种朝向寂静的向内塌缩中走向终点。我在猜想,现场最后一个音符落下后会是什么样的感觉?据说,在科隆演出时,最后灯光聚于乐团手上拿着钹的打击乐手,他作势要大声击响,观众屏息,音乐结束。

纵观全曲,格里塞的用意大约在于将乐曲中的泛音一个一个拿掉,这未尝不是暗示着一次从无垠的宇宙回到"一"的归途,而返过头看,那第一声不太响却斩钉截铁的中提琴,是不是在仿效着上帝的第一声言语"要有光"呢?

三

当初爱因斯坦都认为太过微弱而无法探测的"引力波"之声,如今听起来就像啾啾的鸟鸣。

尽管有人觉得来源于误差,人类还是在 2015 年 9 月宣布首次探测到开启了天文学新时代的引力波——其实从更准确意义上说,是收到了某个富于意义的声音频率信号。两家天文台异口同声:"GW150914 引力波事件,图中显示该频率在 0.2 秒的时间内从 35Hz 横扫到了 250Hz。"该信号在理论上应该来自黑洞互相绕转并即将合并前的最后阶段,所以它的出现验证了广义相对论的正确性与黑洞的存在,早期宇宙量子级别的振动奥秘,从此并非人类不可捕捉之事。

这件事倒从另一角度提醒了我们仪器对于声音分析的重要作用。众所周知,声音有着四大物理特性:音高对应频率,音强对应振幅,音长对应时值,音色对应谐波成分与发音过程。在频谱学派那儿,分析仪一类的工具将声音波动自动分解,省去了用人耳辨别音高的高难度麻烦。既然频谱图能事无巨细地显示出这些要素,那么频谱作曲家就可以将声音分解析出频谱成分,令其进一步成为作曲的依据。前文已提到,格里塞用了电子声像仪(一说声谱分析仪,但应属同种)分析了长号上低音 E 的频谱,并改用音高记谱,于是获得了用作基础标本的泛音序列。

分析准备期里,频谱作曲家常用快速傅里叶转换法。傅里叶转换法最早在 19 世纪提出,认为声音都可以转换到波形,且是最简单的正弦波的集合体,所以该方法实质是将一个信号分离为无穷多的正弦/复指数信号的加成。但真正到了谱曲阶段,频谱学派的做法严格地说也属于"算法作曲"范畴。20 世纪兴起的所谓"算法作曲"往往是立游戏规则在先而对主题动机进行各种发展变形在后，有人认为莫扎特的《作曲骰子游戏》就是第一部算法作曲的实例，因为莫扎特建议演奏者以掷游戏骰子的方法，将预制的那些短小动机与表格序号一一对应，然后拼接成一首小步舞曲，想法煞是有趣。这类貌似基于冷冰冰技术流的频谱学派做法与第一次世界大战后流行的简约主义完全不同，但每当格里塞的音乐虽由传统乐器奏出，却不可思议地产生了令人刻骨铭心的电声效果时，这在听众的耳里并不比简约主义更难接受一些。实际上，格里塞认为，频谱主义最终的目的是实现时间的完美整合，他们想要的是将那些微分效果整合成一体化的流动色彩音响，而不是对细节的吹毛求疵。

还别说，引力波启示了一件更重要的事，即《声响空间》这张唱片之标题："声响"与"空间"之间所产生的亲缘关系。对于毕达哥拉斯时代的人来说，音乐和数学（更确切地说是算术）本就不可割裂，它们都体现了宇宙的和谐运行，无论是音符还是数字，俱是打开自然宝库的钥匙。格里塞说他自己毕生都在美学疆域探索音乐与时间的关系，可其实空间与音乐也是唇齿相依的——振动与频率常常能从最细微与视力不可企及的角度，反映出一个陌生宇宙的纵深与秩序。哪怕以最浅表化的目光度量，一件乐器（如在《序曲》中）也好，多达八十四件乐器（如在《瞬变》里）也罢，都被安排得如此井井有条，宛若星河运转之秩序井然，本身已经是一桩令人讶异的事情了。《音乐声学与心理声学》(David M. Howard 和 Jamie Angus 著,陈小平译)中谈及作曲算法与算法作曲的一章就认为:"早期频谱音乐让听众游弋在时间坐标中,模糊地感知音响的结构。"但杨珏珏的论文有着别出心裁的视角:"从《序言》至《尾声》,是一个从音色到强度都不断增加的,每一首作品的结尾都是下一首作品的开始,类似中国传统的'鱼咬尾',体现了一个循环而整体的设计。"

回想一下,物理"弦理论"主张宇宙万物均由振动的"能量弦"为基本单位组成,而新的一套"圈量子理论"则认定,宇宙的大网实质上是无数的"环圈"(环圈的大小和弦理论里的弦的大小一般无二)。既然不是弦就是环圈,你我曾几何时侧耳倾听过振动时的各种声响?还是说,时时都置若罔闻?"宇宙中最不可理解的事情就是,它竟是可以被理解的"——这句当真是爱因斯坦最严肃的一句玩笑话。自格里塞开始,不管是闪烁的音色、密集的纹理,还是自然、人造两者的色彩混搭与对共振、周期概念的执着,频谱学派皆为世界提供了一套令人兴奋的宇宙秩序观。

四

有人对《尾声》收尾持有异议,觉得如果格里塞直接用《瞬变》作结尾是个更加完美和俯瞰全局的做法。真的如此吗?这也是我希望读者亲自听过后能有的一份思考。

初听时你可能会以为,《声响时空》里的一大部分比重不都是由飘忽不定的、分层次的嗡嗡金属鸣响组成的吗？但是随着时间的推移,声音在不知不觉地流动,它偶尔爆发出的不稳定火焰,抑或更经常陷入的、空无一物的寂寥之间,你会恍惚察觉时间、空间两者正在默默地转化,转化过后得到的呢,怕是早已远离我们所熟悉的生活尺度。作曲家的格言是:"目的与过程是相似的东西,目的是过程的收缩,反过来过程是目的的扩张。"

《卫报》专栏作者塞尔维斯(Tom Service)的一篇短文里,还举荐了格里塞的另外三首佳作:《时间的漩涡》(*Vortex Temporum*),它的开头部分格外让人惊诧,乐队音响将最初产生于钢琴键盘上的盘旋音符扩大与延伸,主题基于拉威尔(Maurice Ravel)的《达芙妮与克罗埃》里的长笛独奏；为室内乐队、打击乐和电子合成器所写的《时间与泡沫》(*Le Temps et l'écume*,同样是在 Kairos 卖得不错的一张)算得上他在标准"闪烁和声音色"以上的一个超然存在,带领你"不安却震动地穿过一面镜子",而这面镜子像是丹麦童话里才有的东西,一端连接着所有的表象,如尖锐鸣响着的木管声与一段小号独奏,另一端则通向意欲气吞寰宇的乐队和弦；作曲家逝世之前所写的《四首为了越过临界值的歌》(*Quatre Chants pour Franchir le Seuil*),沉思感甚强又清幽如魅,堪比黑洞效果的打击乐声部几乎能将整个世界都给吸进去,声乐部分则比较亲切,结尾处的歌词开放度极大:"我望着海的天际线,这个世界……"这些作品似乎皆在暗示,乐谱上的"小蝌蚪"并不能代表格里塞想要的声音效果的全部!令人讶异的是,与刺耳音高并生的是超出想象力的音响色彩层次,宛如一场沙砾与牛奶杂糅的宴席。再补充一句:声乐元素在格里塞的作品里一直不多见,该缺憾直到20世纪80年代初才被弥补,那又是新一轮的脱茧而出。

五

对于没有站在学院作曲前沿的普通乐迷,或是从未接触过类似音乐的人而言,它们本身已意味着一个奇想的世界,更加不用说在频谱乐派后期又出现了基于算法的"自动作曲系统"(一个争论不小的话题)。有趣的是,当格里塞宣称道:"我们是音乐家,我们的范本是声音,不是文本、数学、戏剧、视觉艺术,更不是原子物理、地质学、天文学与针灸穴位,都不是……"他的音乐却像是一次又一次地在质问着:古老的音乐传统惯例是否专属于某一阶层和人群?比如音乐家?而声音的本质到底又是什么?

起码《声响空间》这张唱片像是给了我们一个浮想联翩的答复。我们开始从冰冷、客观的声音的物理性质思考作曲这件事本身。就起源上讲,这种"格里塞音效"

技艺与感知

来自程式化的声学及心理声学理论,在我们耳朵的实际听感中取得了很强的可信度,这不是一件在传统作曲语境之下难以置信的事情吗?换句话说,他们基于数学层面,近乎奇迹地维持着一种从巴赫(Johann Sebastian Bach)、勃拉姆斯(Johannes Brahms)所传递下来的"自然有机体"属性,而非想象中拒人千里的冰冷与客观。因此,格里塞的音乐与布列兹(Pierre Boulez)、施托克豪森都存在着方向性上的差异。同样是对声音细节的构造,布列兹或贝里奥(Luciano Berio)时常会刺激人的耳朵,但格里塞的这首,我以为应该不会,《声响空间》上空笼罩着那层有温度的"光环"(称"灵光"亦可),不正是频谱学派能不落机器性窠臼的优势所在吗?那么如果进一步问,到底置入几许的人性"温度",或者说多少的比例才是最恰当的?我有时真觉得,频谱学派不经意捎出些许一个严肃到有点残酷的话题。

在格里塞生活的那个时代,频谱作曲家们并未狭隘地一味强调"一切为物理特性服务"。换句话说,他们的创作思维中,"以声音自身"为本质只是一种态度。某些意义上,最初频谱音乐的出现,是为了在过于注重"抽象规则"的序列音乐与音响性能强,但不怎么有"规则"的电子音乐中找到一个融通的缓和带。既要摆脱调性束缚,又需摆脱无调性的束缚,想来想去只得回到声音振动的机制本身。这也确实是可行的,不过那样的原理研究终究是途径,而非目的所在。最终,好的频谱音乐应如某种"生命体",通过展现时空的潜在关系,让音高、旋律与和声的替代品——频率与频谱,成为宇宙中固有与未知声音的又一类解释方案。杜福在一次讲话里就说得很明白,大意是频谱音乐是希望在序列音乐开创的道路上更进一步,变得纯粹透明,但与序列的截然不同之处在于:"序列依靠乐音的堆积与部分的解决来获得张力或降低音响冲突,而频谱音乐则主要依靠声音内部结构变化,如包络关系的改变、泛音比例的扩充压缩等手段获得色彩。"笼统地说,序列是反听觉心理学原则的,因其驱动力来自隐蔽的多项要素,在创造非线性有序结构的同时,不免会打乱自然感和人性化。但频谱作曲家们仍坚守着乐曲的线性与整体感,秩序结构是外露的,频率关系的统一也是符合心理声学原则的。第一批频谱作曲家的导师与前辈,恰恰都是他们将对抗的序列主义大师。假使说勋伯格(Arnold Schönberg)是对浪漫主义的反叛,布列兹是对勋伯格的反叛,频谱音乐不出所料地成为一次对布列兹序列主义的反叛,那么未来的数年间,会不会由一批新生代艺术家唤起对频谱的又一次新反叛呢?

如今在国内,且莫说频谱音乐,就是微分音演奏的系统训练也很匮乏,主要仅有一本加思·诺克斯(Garth Knox)的《中提琴空间》(*Viola Spaces*,为今井信子而作)作为教材。毕竟,在实际演奏微分音时,习惯传统弦乐教学法的乐手们需要不断调节听觉与手指触点,如若技术不达标,将频谱的理论贯彻到位貌似就愈加困难。

如果读者还有兴致,可在缪萨《二十世纪音乐》一书里为格里塞与同道中人米哈伊等人的立足风格找到更详尽的解释论据,例如:

> 作曲家先对声音频谱进行人工复制,将泛音分配给不同乐器,然而让它们各自发生时间和空间维度上的渐变……摒弃所有将声音抽象化的方法(包括数学),换句话说,纯形式,纯抽象的音乐规律与逻辑,不在他们的考虑范围,反倒是感知力层面上的具体参数,演化出了一套有内在逻辑的作曲程序。不过这样的音乐效果,也有着一个不可避免的窠臼。框架往往是赤裸裸的,仿佛刻意营造出一种透明风格。这一点,也是它区别于十二音体系音乐的另一个显著特征,虽然很看重音色,但更加重视整体音乐形象。复杂的音色是音乐风格的轴心。(《二十世纪音乐》,文化艺术出版社,2005年)

1998年,格里塞辞世。记得我当初读到《汉书·艺文志》所言"易曰:'观乎天文,以察时变。'然星事凶悍,非湛密者弗能由也"时,颇感惊讶,以为星事顶多只是扑朔迷离罢了,何道"凶悍"?后来才理解了下面一句的补释,因为当时负责星事的官职要用星事来谏上,故而是冒着风险的。远在西方的格里塞大概不懂得东方这个典故,可是他的一批创作分明能借着对宇宙秩序的重整而直抵湛密之府,全然不顾会引起听者与评论家怎样的震惊。如今在他逝世20余年后重品《声响空间》,我们承认得加上一条:大概格里塞真是能从星云崩解中一睹爱与永恒的那个人。

技艺与感知

秋色与音乐

这些天,我正在重温作曲家们的晚年回忆,发觉无论是理查·施特劳斯晚年来到静谧、祥和的瑞士,还是拉赫玛尼诺夫(Sergei Vassilievitch Rachmaninoff)晚年居住于海水湛蓝的长岛海峡边,或多或少都会发自本能地亲近自然。可惜上海周边的原生态景观并不多,不过这丝毫不妨碍我们去抓住每一个可以体味自然的时机。一天下午,聆听了一场交响乐团的排练之后,我驱车前往浦江镇,来到了仍在开发中的一个森林公园。这个公园很大,此时申城虽然已是初冬,但是就植被的色彩看,依旧保持着深秋的模样。我平时生活忙碌,似乎不多注意树木,可是一旦仔细观察,却依旧能发现其中蕴藏着不少迷人的东西。

秋天可谓一年之中色彩最为丰富的季节了。从灰白色的梧桐树皮到浅绿色的草坪,再到墨绿色枝叶的蔷薇及野菊,以及呈现出深浅不同红色的枫叶,自然简直是一个万花筒。早就听做音乐的朋友说过,不同的调性具备了不同的色彩,有些明艳,有些晦暗,不过,我认为,听觉

<< 秋色与音乐

与视觉最大的可比性在于,每一个地方都不是呆板的、单一的颜色或者音响,树叶从嫩绿、浅绿、淡绿到碧绿、深绿与墨绿,多么像音乐中的渐强、渐弱、渐慢或者渐快啊。语言在这里是苍白无力的,因为自然景象中,"红黄绿紫"实际上都远不止几十种的区分,哪里是颜料店里的标签能全然表达的呢?造物主的神奇远远超出我们的想象,它在赋予这个世界无数种音色与音层的同时,也赋予了它无数种色调及不同颜色间的微妙变化。这些在层林尽染的秋冬季节尤其容易为人所感知。

景物固然是静态的,与音乐可能还关系不大,但如果你驻足树林中的某一个角落,就能亲身体会到"万物之中都有音乐"的另一种表现形式——那就是鸟鸣。当心浮气躁的时候,鸟鸣很难入耳。你最好深深地吐纳几口空气,然后安静地聆听周遭的所有声音。一开始,雀儿的鸣叫可能是几个单音,没有什么稀奇,但是渐渐地,它们会唱出几个乐句,当你听懂了乐句里所蕴藏的喜悦或者焦急,可以说已经悟到了几分玄机。又过了几分钟,你会发觉自己的听觉一下子敏锐了起来,不再被平日里嘀嘀的汽车喇叭声所叨扰,而是可以听到更多层次、更丰富的东西了——有了乐句,鸟儿可以靠乐句组织起一段旋律,当然,有时会戛然而止走向失败,但也许会成功几次,这就足够了。如果恰在这时,另外飞来几只不同种类的鸟儿,那它们就会有交流,会有应和——多像管弦乐团中不同乐器的应答啊。当这种应和默契到一定程度时,你会发觉它们唱出的和声也异常美丽。这时,听者的心是完全静下来的。所有的鸟鸣,都开始交织起来,一段复杂的复调音乐在你的头顶盘旋、上升,不同的声部,不同种类的鸣叫,你或许叫不出它们的名字,但是这又有什么关系呢?有的低沉,有的洪亮,它们会互相模仿,互相攀比与发展,仿佛是高低声部的对位,而且所有的停顿、冲突、配合与融洽完全出于即兴,既严密得体,又富于想象力。这时,鸟鸣的艺术会在你的耳朵里达到极致,你会发现,自己的耳朵竟然可以在短短的几秒钟之内接受那么丰富的信息。

最懂得此中神韵的当属法国作曲家梅西安。他从18岁起就出没于山野丛林,花费了几十年,记录下各种鸟鸣,林林总总竟然有上千种之多。梅西安不仅写过以鸟鸣为主题的钢琴套曲,还在1953年创作过名为《百鸟苏醒》(*Birds Wakeup*)的交响诗,在他的眼里,"鸟儿是天生的、伟大的艺术家"。倘若你依然觉得这句夸奖言过其实,那么请亲自走一次山野,听几分钟鸟鸣吧。

风风雨雨一百年

《序曲1912——德意志歌剧院的故事》是一张与众不同的影碟,它既讲了历史,也展示了音乐,它把一座重要歌剧院的风雨百年呈现在了每一个爱它的乐迷面前,更重要的是,它没有刻意避开那些伤痛。

影片《序曲1912——德意志歌剧院的故事》的导演恩里克·朗什(Enrique Sánchez Lansch)是一位有着西班牙血统的德国导演,在2010年推出了讲述孩子们遇到世界级钢琴大师的纪录片《钢琴遭遇者》(*Piano Encounters*),这次又将视线转移到了他一直感兴趣的歌剧、戏剧、音乐舞台上。他辛勤地从林林总总的音源、录像中提取出了关于柏林德意志歌剧院的各种素材,构筑了一幅宏大的歌剧院历史图景。也许因为立足点太过高远,要十全十美地绘制这幅图景难度不小,可是它毕竟是关于德意志歌剧院历史的第一部纪录片啊!现在就让我们体会一下德国导演讲述德国歌剧院的"原汁原味"吧!

柏林德意志歌剧院原名德国歌剧院(Deutsches Opernhaus),创建于1912年,坐落于柏林俾斯麦大街,是世界最悠久、知名度最高的歌剧院之一。影片一开始,却是从另外一个角度反映出柏林这座城市的世界领先水平的——柏林地铁(Berlin U-Bahn)于1902年就已经通车,"德国歌剧院"这站就有一条通道,竟然可以直接通入歌剧院的观众厅,其先进程度令世人叹为观止。

德国歌剧院刚建成的二十年间,可能录音摄像技术不足,资料匮乏,因此影片只是通过零星的录音和照片,讲述了20世纪初叶到魏玛共和国的阶段。由于德国政治动荡、经济萧条,德国歌剧院更改数个东家后,于1925年被柏林市政府收购,并更名为市政歌剧院(Staedtische Oper),剧院请来了大指挥家布鲁诺·瓦尔特(Bruno Walter)担任音乐总监,前布莱斯劳剧院负责人迪特因(Heinz Tietjen)担任总经理。

20世纪20年代末,才华横溢的卡尔·艾伯特(Carl Ebert)上任总经理,就此将歌剧院带领到一个全新高度。影片中珍贵的历史录音、1927年克热内克的两幕歌剧《容克奏乐》就是当时艾伯特先锋经营思想的体现。这部混合了无调性和爵士乐元素的机械现实主义杰作在当时绝对是新鲜事物。艾伯特既为艺术管理者,本身也是显赫的歌剧导演。更为柏林人津津乐道的是,他一上任就提议大幅降低歌剧院的票价,让柏林的普通市民都能登临艺术殿堂。

1935年,歌剧院被纳粹接管,罗德(Wilhelm Rode)担任了音乐总监。歌剧院也在历史上第一次有了单独的包厢——从大的视角看,这绝对不是一个好的兆头。很快,柏林的第二家歌剧院——菩提树下国家歌剧院也被纳粹直接掌控。这时,影片穿插入一段指挥家伊瑟尔施泰德(Hans Schmidt-Isserstedt)为士兵演奏的录像,撇开亲近纳粹不提,单单从乐队奏出的声音看,伊瑟尔施泰德仍然属于那个时代最杰出的大师之一。

此时,影片的视角切换到了伟大的男中音费舍尔-迪斯考(Dietrich Fischer-Dieskau)这里。虽然他接受采访的时候已经是垂垂老矣,吐音尚有些不清楚,不过他的真实记忆依然能打动人。他回忆起自己小时候第一次演出的情形。纳粹时期,他才十多岁。后来,他的第一个喜剧角色就是在德国歌剧院里的法斯塔夫(Falstaff),刚开始接到任务时他甚至有畏缩的感觉,因为不相信自己能一改往日的严肃,唱好一个滑稽可笑的人物。但事实证明,他做到了。观众觉得,他的法斯塔夫和那些悲剧人物唱得一样好。

第二次世界大战的炸弹把这座歌剧院几乎毁于一旦。欧洲战区的战事结束后几个月,盟军和柏林市政府达成一致,同意在俾斯麦大街原址重建歌剧院。歌剧院方面借用西方剧场(Theater des Westens)上演音乐会,并将其作为临时驻扎地。在艰难的过渡场所,弗里恰伊(Ferenc Fricsay)于1948—1952年担任音乐总监,老经理卡尔·艾伯特亦于1954—1961年在歌剧院再次担任总经理职位，促成了歌剧院的回迁。

1961年9月24日，由弗里茨·波纳曼（Fritz Bornemann）设计的新歌剧院开幕，开幕演出为莫扎特的《唐璜》。在弗里恰伊的建议下，歌剧院更名为如今使用的柏林德意志歌剧院（Deutsche Oper Berlin）。说起波纳曼，他还是在1955年的新歌剧院设计大赛中脱颖而出的。他的设计多少有点包豪斯的风格，立面转折鲜明硬朗，曲面却有些希腊建筑般的浑圆、柔和。最重要的自然是声学效果了，影片中一再声称："如果德意志歌剧院演出歌剧的效果是德国第二的话，没有哪家的音效敢称第一。"另外，新歌剧院最大程度地保留了老歌剧院的地基及地下室，因此称得上是一次标准的"浴火重生"。

有一个小细节很有意思：歌剧院自建成起，门口就竖立着一个风标状的雕塑，有点类似于将钢板折成多面三角的形状。它的含义到底是什么，人们争论不休，甚至有许多人责骂它看起来太丑了。但随着时间的推移，人们渐渐接受了它。我试着查阅了资料，雕塑设计师乌尔曼（Hans Uhlmann）的初衷不过是想通过它的奇异形状打破俾斯麦大街略微单一的立面，起到搅乱"刻板秩序"的效果。至于柏林市民中相传的"从任何一个角度看它，感觉都大相径庭"的说法，多少是为了吸引观众的眼球，黑白胶片里，不少柏林人在进歌剧院前一面围着它团团转，一面仰着头琢磨，情形煞是可爱。

1961年,柏林墙建起,政治格局顿时一变。

这一年,大作曲家瓦格纳的孙辈之一维兰德·瓦格纳(Wieland Wagner)前来指挥威尔第(Giuseppe Verdi)的《阿依达》(*Aida*)。本来这是一桩不折不扣的轰动事件,结果未能取得预想中的成功,甚至观众席上嘘声不断。此中原委,据女中音路德维希(Christa Ludwig)说:"观众本来充满期望,想看那些埃及风格的异国风味,那些来自埃及的动物啊,服装啊,物件啊,而不是维兰德·瓦格纳理念中发生在三四个主要人物间的小场景戏剧。"这件事情的发生,显示出德意志歌剧院的发展之路远非一帆风顺。不过维兰德·瓦格纳的人格魅力也深深影响到了路德维希:"我之前早已习惯了大导演塞尔纳(Gustav Rudolf Sellner)所教授的那些'小动作',但是维兰德·瓦格纳却是一个崇尚大动作幅度的人,也许和他曾经做过摄影师有关。"

第二次世界大战后接过重任的导演塞尔纳无疑是德意志歌剧院历史上最重要的掌门人之一。他的任期从1961年到1972年。路德维希就深深地记住了塞尔纳教授给她的唱词技巧。比如《费德里奥》里的这句台词:"Ich habe Mut, und Kraft."("我有勇气,和力量。")其中的"勇气(Mut)"一词应该大声,而"力量(Kraft)"一词适当地收声,显得有一点心虚,从而充分表现出女主角的犹豫不决。这句台词一经演出,立马成为全剧摄人心魄的亮点之一。

说起女中音歌唱家路德维希,她的梦想就是在德意志歌剧院实现的:"1962年的《费德里奥》是我的圆梦之剧,我从小就唱这部歌剧,因为太喜欢它了。我希望哪一天能站在舞台上唱它,然后满足地死去(Einmal Fidelio singen, und dann sterben)。但是我刚来柏林的时候,还是充满畏惧的,因为那时没有人知道政局会如何变化,没有人知道苏军会不会一下子攻破进来,那里的别墅,哪怕再便宜,都没有外地人愿意投资。"的确,那时的柏林是一个前途扑朔迷离的孤岛。

影片中有很长的段落,都是1962年《费德里奥》的黑白录像,其中路德维希俊朗的女扮男装的外表的确能抓住许多人的眼球。不过,她心底恨极了那紧身的马裤:"要穿上这个,意味着我没法痛快吃喝了。"

这段时间里,德意志歌剧院最传奇的男高音之一要数大块头男低音格赖因德尔(Josef Greindl, 1912—1993年)。在同事的眼里,他几乎能演唱任何角色,无论是英气逼人、一身铠衣的瓦格纳式男英雄,还是奇马洛萨(Domenico Cimarosa)《密婚记》里大腹便便的秃头富商,一转眼就是另一个扮相,简直不能让人相信是同一个人。更令人匪夷所思的是,歌剧院里没有人有他的联系方式,如果你要找格赖因德尔,必须先联系他的司机,然后格赖因德尔会打电话给你。如果你问他:"格赖因德尔先生,您住哪里?"他会说:"不在任何地方(Nowhere)。"

1963年,359名歌剧院的团员到日本访问演出六周时间,演出了数十场音乐会,之后他们又去了墨西哥。柏林,这个在美苏冷战中孤立的小岛,从此开始了与外界的文化交流。在严峻的、人人自危的大环境下,德意志歌剧院可以算得上是这座孤岛上一片可令人亲近的绿洲。

1967年6月2日,德意志歌剧院发生了一件骇人听闻的事情。那里是当时外国元首访问西柏林时唯一的观看演出地点,德国大学生本诺·欧内索格(Benno Ohnesorg, 1940—1967年)在反对伊朗国王穆罕默德·礼萨·巴列维(Mohammad Reza Pahlavi)访问德国的示威活动中,被便衣警察枪杀。欧内索格当时是26岁的在校学生,研究浪漫主义、德语文学和文化。这是他首次参加政治示威。当他被杀时,他的妻子正怀着他们头胎的孩子。欧内索格的死促发了1960年代末的左翼学生运动,许多德国政治家都深受影响。当时的德意志歌剧院指挥家是年轻的马泽尔(Lorin Maazel),面对接下去几场故意来捣乱的左翼抗议者,他不得不几次因大量嘘声而停下指挥,最终用一句妙语结束了骚乱,"先生们,我向你们保证,接下去的演出无法更好了",从而挽救了那个歌剧院历史上最低谷的夜晚。至今,柏林德意志歌剧院旁都设有本诺·欧内索格的纪念碑(其实是一幅纪念浮雕,重现了他遇难时的情形),以提醒后人,生命的价值与音乐、自由、爱一样宝贵。

技艺与感知

"不好搞"的音乐社会学

大名鼎鼎的埃利亚斯(Nobert Elias,1897—1990年)在社会学界无人不知,无人不晓,他的巨著《文明的进程》几乎是每一位研究社会学的学者、学生必读的书籍。可是,埃利亚斯写起音乐来也丝毫不含糊,这本《莫扎特的成败》小册子就是一本有趣的"跨界八卦书"。

我从头至尾把这本并不深奥的《莫扎特的成败》浏览了一遍,注意到了作者埃利亚斯想着意突出四个重点,即莫扎特与外界的四种关系:与父亲、与女性、与雇主(也就是宫廷或大主教),最后就是与维也纳当时的各种社会阶层。在作者看来,莫扎特的成功正是取决于这四个要素的变化,莫扎特悲惨的英年早逝无疑也正是这四种关系到了另一种境地的和合显现。

埃利亚斯作为有着一套系统理论的专业学者,一直强调社会学的基本研究对象就是"人的社会行动"(Soziales Handeln),因为每一个人的存活早已不再单靠本能,而是有着不可避免的社会性——大家相互依赖,互相协助,才得以生存发展。这本讨论莫扎特的小书,其实也没有脱离埃利亚斯一贯的套路:没有庸才,哪来天才?没有听众,哪来音乐家?换句话说,当听众不再认可,或者说再也听不懂莫扎特时,正是莫扎特悲剧的开始。

的确埃利亚斯的理论有精到之处,他从宏观角度分析了莫扎特一类的天才若真要存活下去,必须有稳固的社会关系作支撑,否则再高的禀赋都没有用武之地。他这种从一个特定人物身上出发,试图把社会学、心理学、历史学等学科糅合到一起的做法(在埃利亚斯看来,这是形态社会学研究的一部分),和德国音乐学家西尔伯曼(Alphons Silbermann)或者著名学者阿多诺(Theodor Wiesengrund Adorno)的做法有着相似之处。不过我感觉,每当埃利亚斯把一个人物放到庞杂细密的社会关系网上分析时,更多的是将其作为一个"物"看待,而并非一个血肉充实的"人",这一点弗洛伊德(Sigmund Freud)或者荣格(Carl Gustav Jung)似乎走在了他的前面。

行文至此处,我特意去翻阅了张扬波在香港中文大学双月刊《二十一世纪》上的同主题书评《音乐天才的成与败:一个社会学视角》,这篇书评这样归纳埃利亚斯《莫扎特的成败》的主要精神:莫扎特没有耐心等到从"工匠艺术"跳跃到"艺术家艺术"的转变,就唐突地与大主教决裂,去寻求社会大众趣味的认可了(其中当然有老莫扎特的因素),多少有点脱离实际,这直接导致了他后来的不幸境遇。自然会有人提出异议:一个百年一遇的绝世天才，若一辈子唯唯诺诺地蜷缩在权贵门下，或许也不符合正常的心理学规律吧！对于这一点疑问，我最近恰好在翻译一位17世纪奥地利哈布斯堡宫廷的御用作曲家、指挥家 J.H.施梅尔策（Johann Heinrich Schmelzer）的生平资料，发现这位施梅尔策虽可能不如莫扎特那般惊世，却也是才华横溢的小提琴天才，恰恰与皇室关系搞得水乳交融，其乐大焉。看来天才并非一定生不逢时，莫扎特的遭遇更多的是由他的性格及其特有的世界观、艺术观决定的。

因此，我觉得埃利亚斯这本《莫扎特的成败》最根本、也最精彩的笔墨，并不是从社会学宏观角度进行的分析，而是书的后半部分从莫扎特纠结、叛逆的心理状态入手的阐释，说明他为什么会特立独行，童年、少年、青年时期分别在他内心留下了多少潜在的"炸药包"等，可是由于篇幅所限，这个与其音乐风格大相径庭的、"叛逆小正太"的形象多少有点模糊。但反过来讲，若以此为准绳，我们岂不又回到了多如牛毛的莫扎特传记中去了吗？在我看来，这倒正好暗示了社会学这门学科本身的纠结处境——戴政治经济学、历史学的"帽子"偏大，穿音乐学、心理学分析的"鞋子"又觉得小，一不小心就难上难下、巨细不调。埃利亚斯大师尚且如此，音乐社会学（即所谓的 Musical Sociology）的不易学、不好搞，从这本小书里就能略知一二了。

与箱子同住的男人

推箱子的小游戏大家想必玩过吧？不过,真箱子可不准你推呢!

我家距离浦东江边的集装箱堆场非常近。过去,我一直不太明白在空旷的、不见塔吊的场地,是怎样将庞然巨物堆到六七层且之间缝隙还很小的。直到有一次才看清,箱子顶上四角有孔,起重机用伸缩吊臂扣住它,就像鹰捉小鸡,接着就轮到矮小的叉车钻入箱子卸货了。最妙的在于,不管有多忙,多部机械间的协作流畅得有如蜜蜂劳作,错落翻飞,一秒也不带耽搁。到了夜间则会开启射灯作业。我不禁赞叹起这一流程的缔造者,这是凝聚了多少智、力、效率,以及一点点诙谐的工业风景啊!

又过了些日子,我开始注意起将箱子送来的大叔们。

远远望去,那往往是在堆场门口一字排开的拖车或陕汽重卡,少说有四十吨的拖载量,牌照以苏、赣、皖、豫为多。集装箱上棱状花纹与斑斓的外文字母相辉映,但车身往往盖着厚厚泥灰。当你走近观察,会发觉卡车驾驶室无异于一个随叫随走、寒暑不惧的移动小家。几乎

方的空间里,生存所需物什翻翻找找基本都能应付过来。

若非新车,一般每扇车窗上都会留有司机所在前几个公司的斑驳印记,挡风镜前最常见的是各式停车通行证、发票与快递单。太阳眼镜和雨衣自然是备着的,却早已看不到上一时代的地图与指南针。座位后方时常系着一根细绳,上面挂着刚搓净的抹布与毛巾;小电扇、蚊香与凉席是夏天必备;每逢冬天,没有暖气的驾驶室,就仅有一壶茶供你温手了。

司机们的岁数在三五十岁,外表挺有共性:皮肤较黑,沉默寡言。好像人人都穿着一条磨得发白的牛仔裤,也因为长途的日夜温差,热天里一件背心甚至赤膊,晚上添一件牛仔外套就已对付。话说回来,他们不正是现代的牛仔吗?至于为何沉默,估摸是大家来自各地,方言未必互相听得懂,放在过去嘛,打扑克之类的休闲是常有的,可现在独自低头玩盘斗地主或读段网络小说什么的,也就足够啦。

讲究一些的"牛仔"会挂出小饰品或摆个香氛,"小骄傲"地贴出某次运输大赛的奖状……而不够细巧的一下就能看出:这不,方便面与矿泉水的空壳搁着没扔呢!至于方向盘上花花的黏纸,指定是家里孩子的"杰作"了。

但是,司机无论粗糙或婉约,捆绑绳、扳手这类顺手工具肯定少不了,每每在堆场门前排久了,他们会检查轮胎、车灯,会喊来师傅开辆小厢式货车(装有足够家伙如充气泵)检修。毕竟近一人高的大轮胎,自己弄的话有千斤顶也够呛。就算是驾驶室内的简单打扫,由于大卡车底盘高,如果没两人将抹布、拖把与水桶来回传递,真还不太方便。

大部分司机不敢走远,衣食住行在数丈内解决,我心里晓得,他们一整家当在车上,有时货物价值比车更高。少数两次,我见到胆大的老司机卸掉车尾备胎,锁了门,铺张纸板在那位置的路面,睡得香甜,更多的则是在座位上酣然入眠的伙计,不管隔壁一辆是不是敞着前盖试马达。堆场空间吃紧时,他们完全有可能排一整宿,直到数年不变的早餐蛋饼阿婶推小车来招呼:"嘿,要不要加罐优酸乳?"

他们在路上如何,我从来不清楚。我只知从《逍遥骑士》(*Easy Rider*,导演 Dennis Hopper)开始,西方"公路电影"提供了一种松散有弹性的流动叙事模式,所有矛盾挣扎皆在此"管道"里聚合。文德斯(Wim Wenders)三小时长的《公路之王》就是一部看得人发困,但每次重新抬起眼皮都会万分钦佩的奇片,寡言的气质与昆汀(Quentin Tarantino)的话痨全然不同,但他出版的几册公路摄影集水准高极了。

与"垮掉"或边疆神话理论里的唯美有点距离,在美国真实跑着运输的大叔却一脸严肃地说,长时间的磨炼,迫使卡车驾照持有者最终选此作为终身职业的,不过十之一二——尽管收入一定差不了。数日一个来回,不同州的限速不同;堵车倒无须太担心,最怕遭逢恶劣天气,如大雨、冰雹或结霜对路面的影响。唯独说到一处他才笑眯眯——美国卡车加油站多有洗澡间可"蹭"嘞!

电影学者将公路电影的结局归为如下几类:主角凯旋;途中遇上厄运;找到新家园便不再回家;又或者经历的事五花八门,却未有任何结果与意义,不得不继续再走,茫茫无终。总之,好像从来没有哪一主角会停在加油站或汽车旅馆里长久住下。车、货、人和路此时是浑然一体的,目的地也只是过程。大概艾略特在诗里所抱怨的:"一列地铁火车,在地道里,在车站与车站之间停得太久",终归不是男人愿意接受的事情。

一刹那轻如羽，数十载光和热

——读谭元元的《我和芭蕾》

众多美的事物正是在跟痛苦的对话中获得它们价值的。

——阿兰·德波顿

一般来说，演出节目单里是这么介绍谭元元的：舞蹈家，1976年出生，世界主要芭蕾舞团中唯一的华裔首席演员；她出生于上海，11岁考入上海芭蕾舞学校，后担任美国三大芭蕾舞团之一的旧金山芭蕾舞团的主演之一，也是参加捷克拉格世界明星汇演的第一位亚洲人。尽管谭元元主要在美国生活、演出，但被很多人认为是中国培养出的最优秀的芭蕾舞蹈演员，是祖国毋庸置疑的骄傲。

我手中这本《我和芭蕾》，正是谭元元讲述自己芭蕾生涯的珍贵回忆录，数年前由上海音乐出版社出版。我第一眼读到的竟是这句有些坚忍的自白："舞台是一面放大镜，再细微的瑕疵也无所遁形。"说实话，作为舞者，她完全不善于在文字方面做什么感情渲染，但是我还是读出了背后的泪水和汗水、坚韧与艰辛。尤其相比芭蕾舞台上天生身体素质惊人的无数欧美演员而言,谭元元的成就更加来之不易。记得2014年11月,荷兰NDT现代舞团的编舞保罗·莱福德(Paul Lightfoot)来沪接受采访时,就不无深意地谈到了"为什么越来越多的欧美舞团开始关注亚洲舞者"这个问题,莱福德的回答是:亚洲舞者"很努力、积极,有着巨大的责任感"。谭元元的这本书,正是从一个侧面阐释了"付出"与"美"之间的必然联系。

就寻常的理解,爱跳舞的小女孩多为天生爱形体之美。但是孩童并不知道,获得美好的事物大多是需要付出代价的,纯洁、优雅的芭蕾也不例外。五岁的谭元元第一次在电视里看见乌兰诺娃(Галина Сергеевна Уланова)的《天鹅湖》,情不自禁地踮起了脚尖。后来虹口区少年宫舞蹈学校的老师物色生源,一眼就相中了"手长腿长"的她。可是,她的父母意见不一,到底该何去何从呢?最后,决定以一枚硬币的正反面说了算——芭蕾!就是这枚小小的硬币,冥冥之中决定了一位成功芭蕾演员的起飞。

一开始,谭元元只觉得跳舞很美、很开心,怎么可能想到日后职业芭蕾演员道路的艰辛呢?一进舞蹈学校,她就吃足了苦头,由于扁桃体手术等两次耽搁课程,谭元元刚起步就成为舞校里的落后分子,为此还哭过好多回。但教她的林美芳老师毫不心软:"要哭?还是要练?只能选一样!"她便一边哭,一边练,基本功也慢慢扎实了起来。

谭元元承认，一次完美舞蹈动作的呈现很可能要重复训练上百次，更需要一些肢体基本功的打底，比如跳绳、仰卧起坐、背肌练习等，每天六七小时的超负荷训练让她的双脚小指甲完全脱落，右脚立骨变形，疼得令人窒息。有一次疲劳过度的她竟然在量衣服尺寸的间隙睡着了。

但恰恰是无数单调乏味的细节，凝聚成了艺术的结晶。

巴黎那次比赛是丑小鸭到白天鹅的初次蜕变。第五届巴黎国际芭蕾比赛，对于谭元元而言，猛然间多了一个严峻的挑战：巴黎歌剧院的舞台居然有向前15度的倾斜。这一点她从未料到过，先前在国内更完全没有经验，加之长途跋涉、水土不服，她心生退意。谭元元低头走到了林美芳老师面前，低声说："我膝盖疼，上不了场了，我放弃比赛。"林老师说，当时音乐的前奏都已开始，她其实也很紧张，可是听到了谭元元退缩的话语，反而顿时铁了心，一脚把她"踢"了出去。正好谭元元出场的动作是一个大跳，林老师的这一脚反而成为极好的推动力，造就了一个完美的大跳动作。这场比赛里，谭元元越发挥越好，最终以19.2分（满分20分）的高分夺得了唯一的金奖。整个西方媒体都赞誉她是"天才少女"。可是，谁能想到她竟是以那样戏剧性的方式上场的呢？

更宝贵的经历是在那场比赛间歇与芭蕾大师乌兰诺

娃的相遇。82岁高龄的大师为谭元元打出了满分,并嘱咐她:"努力练功,既在技巧体力上下苦功夫,也不能忽视精神领域的追求,而且一定要入戏,用心去跳。"这句勉励让谭元元铭记了一生。

1995年,已经初露才华的谭元元随上海芭蕾舞团出国演出,被旧金山芭蕾舞团相中,开始了旅美生涯。但旧金山的竞争者林立,想要脱颖而出并不容易。正巧又是一场危机成就了谭元元的事业巅峰——由巴兰钦编排、长达30分钟的斯特拉文斯基《小提琴协奏曲》舞蹈版突然需要替补,谭元元咬牙一口答应,并在短短一天的时间内靠看录像模仿记住了音乐和动作,努力将巴兰钦(George Balanchine)舞蹈里特有的不规则感彻底吃透。这一次演出成功获得了旧金山大小报纸的一致好评,缺人危机被化解的舞团欣喜不已,于是谭元元顺利地成了旧金山芭蕾舞团第一位华人首席演员。那是1998年,她才21岁。

在美国成为舞团首席演员之后,压力与荣誉接踵而至。因为那并非终身职位,稍有懈怠就可能被淘汰。比如,谭元元最常演也最熟悉的自然是名作《天鹅湖》,然而有时她一人承担"黑天鹅"和"白天鹅"两个角色,这对台上的性格转换有很高要求。演员若只适应于"白天鹅"脆弱与纯真的风姿,很可能一下子难以胜任抒情与充满爆发力的"黑天鹅"角色——那圈内人士津津乐道的、高强度的三十二圈"挥鞭转"看起来也许只是挑战的一部分。谭元元说,她从哲学中的辩证统一取经,逐渐摸索出了柔弱与刚强融于一身的感觉,这是她从"用身体跳舞"到"用心跳舞"的转变开端,当年乌兰诺娃的殷切嘱咐仿佛回响在耳边。

芭蕾是一门追求完美的艺术,追求完美必然要付出相应的代价。很多人也许听说过,伤痛是芭蕾舞演员的家常便饭,谭元元身上的十几处伤——骨裂、胯骨错位、腰椎间盘突出,三次腿上骨折,脚趾甲开裂流血——更是证明了舞者肯为一瞬间的华彩投注无限的光和热,伤痕累累也在所不惜。本性有点顽皮的谭元元,因为职业的限制无法尽情享受生活的乐趣:怕受伤而不能骑马、滑雪;为保护双脚而减少逛街;为掩盖芭蕾舞演员的"通病"八字脚和脚趾外翻而不敢穿短裙和凉鞋;为了保证演出质量,每次出国都无暇游览;喜欢甜食却要保持轻盈;诸如此类,太多太多。这些要求看似有点残忍,好在芭蕾之神在她每付出一分的时候,都会回馈另外一分。

谭元元最痛苦的记忆发生在 2005 年旧金山的一场《吉赛尔》后,一个大跳的动作过于投入,导致胯骨脱臼。医生说:"脱臼所造成的撕裂,是身体无法自行修复的,必须马上动手术,且成功率低于 30%,术后至少需要休息一年。"一年的时间看似不长,却可能意味着舞蹈生涯的断送。当时的谭元元还不到三十岁,正处于艺术事业的上升期，不甘心就这样半途而废。在直觉的引导下，她竟然成了自己的医生，开始了自我康复锻炼。她一边翻阅解剖与骨骼相关的医学书，一边把佛学里集中意念的观想法用于实践，半年后奇迹般地痊愈了。谭元元不仅庆幸自己走对了这一步，更学会在这次重创后珍惜台上的分分秒秒、点点滴滴。她开始抽出业余时间在圣玛丽艺术学院进修，舞蹈史、写作、解剖学、戏剧表演等课程，乃至心理、美术、哲学知识，这些扎实的积淀都对其表演层次的提升产生了莫大的帮助。

记得前一阵子，我观看了谭元元的视频《小美人鱼》。该剧也曾被认为是谭元元舞蹈技艺的巅峰之作。该剧着力呈现两个世界的对比，即单纯平静的海底世界以及复杂繁复的人类世界。女主角小美人鱼尽管因为与王子间的爱情承受着身心的巨痛，甚至出尽洋相，但从未产生过阴暗自私的心理，她追求的是一种精神上的解放。我想，这一类表面上异想天开的剧情其实隐含着终极的人文关怀。谭元元在书里提到，主攻古典芭蕾的她竟然会逐渐地爱上更具表现力与想象力的现代舞，似乎正是源于"《小美人鱼》舞剧让我对如何用肢体语言淋漓尽致地表达痛苦有了全新的认识"。我想，这句话说出了芭蕾舞蹈这门高难度艺术中"美与痛"的真谛，台下心潮澎湃的每一个观众，如果知道了舞者背后的酸甜苦辣，应该会更加珍惜芭蕾舞台上转瞬即逝的轻盈与美丽。

一窥方知舞台玄

各式演出接触得多了,难免会对谈表演艺术的书籍感兴趣。不过我往常所收集的书里,大多是集中讲某个艺术门类或作品的,少有专门谈"舞台"这一实体的。可如今,已经快九十岁的日本老爷爷妹尾河童在出版了多部"窥看"系列书籍之后,在《窥看舞台》这本书里拾起了他的老本行:舞台设计。翻开此书,一大串好玩却不为人知的内幕故事接踵而来。

这本书以一次探访日本现存最早旋转舞台的经历开场。河童拗不过某编辑的好奇心,就带她来到位于长野县的祢津·西宫歌舞伎舞台。这座建于1816年江户时期的木质结构"大转盘"的秘密在于,底部有着伞骨般的旋转支架,可由一群人绕着轴心推动,上方的"分割台"及活动木板门具有多种翻转模式,能根据剧情迅速变换。它使用至今有一百七十年了,仍能顺畅运作,实属罕见。只是,当地人平时不用,除了四年一次的祭典仪式之外,很难找到动辄八十人的拆卸大军。

但河童严肃地指出,繁衍出几种样式、愈演愈复杂的旋转舞台绝非万能的票房良药,相反,如若没有了剧目内涵的有力支持,观众只会视其为噱头而厌烦。接着,老先生便延伸开了一大段:达·芬奇才是舞台装置的"老祖师",其异想天开的机械传导理念领先世界数百年;河童自己最早竟然是因为剧院太简陋,让换景人员以一连串舞蹈动作登台、撤出而赢得了"换景专家"名头,他最经典的案例——歌剧《领事》在75秒内完成彻底布景转换,则得益于平面结构旋转的匠心独运。

舞台幕后对大众而言是很神秘的,可原因或许不是其物理结构如何复杂,而是观众对于布景、道具、调度、服装、特技机关以及灯光音响等各岗位的职责并不清楚,从而回答不出"某岗位具体为一部戏出了几分力?有多少实际的困难等待着他们?"等问题。

在布景方面,有人专画惟妙惟肖的云彩出了名;有人负责放大古画,精巧绝伦;另有一些小伙子则专擅在轻质材料上雕刻大尺寸的人像……可谓分工明确。但大部分布景都有一个令人惋惜的共同点——用过就销毁。因此,灵活应变、成本核算都很重要。他们能做出《雪国》里逼真的假雪假树,但往往只可在暗处粗看,经不得在灯光里细瞧;《莉莉玛莲》中的镶嵌玻璃漂亮极了,却是"最节约成本"的塑料片;《欲望号街车》里的楼梯是货真价实的铁家伙……这一切完全服从于戏剧本身的效果需求。

还有很多岗位呢！舞台总监是一场戏里说出手就出手的"忍者",负责每一次演出各关节间的协调与沟通,与各方交涉,解决数不清的难题。布景绘图师则是导演与实际布景者之间的沟通桥梁,往往需要具备扎实的美术功底与抽象空间思维能力。当然,还有深谙所有时期服装风格的服装设计师;能做出无数奇奇怪怪物件的道具师;用一套原始工具就能做出无数种音效的音效师;对舞台上每一寸地面的明暗进行精密考量;画出时间、地点、灯光方案图的灯光师。一场完美的演出,所需要的人太多太多了。

可是,我们曾有几回能记住他们的名字呢？作为表演艺术的必要载体,舞台本身毕竟太默默无闻了。

最后补充一下,妹尾河童 1930 年生于神户,1954 年自学后以舞台设计身份崭露头角,此后活跃于歌剧、芭蕾舞、音乐剧等领域,在日本名闻遐迩。他的书对读者的一大吸引力即"能写能画",这一本《窥看舞台》里还加入了他早年从业期间的设计图与照片,便更加引人入胜了。

技艺与感知

从纸牌到弹幕

　　这个标题,实际上是我观看一则情景广告剧时冒出来的。广告剧的主角竟然是微软新推出的 Win10 版纸牌游戏!最古老版本的 Windows 里,大约人人都(满怀惊喜地)玩过纸牌吧?随着日子一久,游戏选择丰富了,它往往便被淡忘一旁。但是,电脑纸牌并未销声匿迹,某种程度上还展现出了比实体纸牌更强的渗透力。当欧洲人还在为"纸牌的发明者到底是哪国人"争论不休时,美国人早已用一个几百 KB 的小程序占领了我们生活的缝隙。

　　早几年,刷微信、微博还不是习惯动作,在办公空暇玩一局扫雷或纸牌便是习以为常的事儿了。时至今日,纸牌游戏畅行无阻之处,大多网络信号较弱,连连看与农场之类的手机游戏不得不退居次席。你我依旧能不经意瞥见从服装店女售货员到仓库出货部门经理,从饭店服务生到缝纫店的老板娘,都会在一台老旧的、20 世纪末的台式机上若有若无地点那么几下,配合着纸牌程序泛出的荧荧绿光。

　　每每见此情形,我就问自己,电脑纸牌与一般意义游戏的差异究竟在哪里?

伽达默尔(Hans-Georg Gadamer)是西方少数认真谈论过"游戏"内涵的哲学家,他的一个观点是"游戏的封闭性",简而言之,对游戏者来说,游戏临时构筑出一个"封闭王国",寻常的时空意义也被暂时隔离于这个"封闭王国"之外。即便存在观敌瞭阵的"他者",该活动共同体依然是封闭的。当然,并非所有的游戏都与外在世界隔开(如一些体育竞赛),但游戏空间边界之明确,足能保持参与者的"神圣权利"。微软的纸牌,则主动将最低参与者数量从"二"削减到了"一",入手难度也大大低于其他游戏,旧时欧洲小酒馆里的单人接龙,怕是没了市场。

在网络游戏盛行的当今,游戏大多为开放式:一人玩,多人看。随着游戏解说与弹幕的兴盛,一旁的观者似有了反客为主的气概,很是有趣!讲评漫天纷飞,换到过去马路象棋的战场,保准是被骂走的份。

"弹幕"一事,大约能归入维特根斯坦(Ludwig Wittgenstein)的"语言游戏"理论。在维特根斯坦那里,游戏的边界定义宽松得多,他说我们日常的语法规则本身,即已近似沟通了生命世界与符号哲学的奇妙游戏。与伽达默尔不同,他更关心游戏框架内的规则以及游戏者该如何遵守它们。在维特根斯坦看来,交谈与下一局棋无异,皆只是"习俗"而已。因此我们今天能看见,发

弹幕者和游戏者在相互认可的一类"习俗"之下共娱,方式无足轻重,对"习俗"的认可与履行才是重点,部分人动用手指点击,另一些则积极地用言辞置身其内,因为唯有人众,弹幕才得意义。

如若您留心观察,上年纪的玩家与青少年在玩游戏时会大相径庭。上年纪玩家的投入度不太高,能休闲就好,就像上文那些忙里偷闲玩纸牌的工作者,对记分高低基本不予理睬,他们玩游戏与看晚间档连续剧的目的基本无二,都是为了"大脑放空"。按照马尔库塞(Herbert Marcuse)的理论,"令人着迷的新闻娱乐产品"和物质一样,皆可使消费者愉快地与社会产生积极互动,但纸牌恰恰证明了,在与外界联结甚弱的前提下,娱乐属性仍是很有效的——起码让一天的劳累偃旗息鼓。这时若有什么弹幕加入,他们估计会一瞪眼:"烦透了!老子不玩还不成吗?"

弹幕与老纸牌两类极端,是参与者的多寡简单决定了"先进"或"落后"吗?我想实情大概如席勒所言:游戏,这种最古老也最普及(乃至植根于动物性)、自愿从属一串规则而获得乐趣的往返运动模式,实际上正是生命盈余精力的流泄。然而,它既不是纯精神,也不是纯物质,只是将精神的愉悦投射于身体上,难怪在古希腊先哲口中一再被唤作"神圣"。所以,参与人数仅仅是一个表象,当游戏涵盖了人类习得、积累与创造的几个阶次,并潜在勾连起模仿、竞争与仪式等诸种意象,我们便会发觉,精神愉悦的"投射面积"越小,即越是单人化趋极的那类,如哲学和基础理科这种顶顶不讨好的单人思想游戏,就越加显得艰难。因为,它首先遵循的一定是独属的,也仅能运作于哲学家头脑内部的规则,之后的实践检验与传播等环节,又时刻可能调转头来驳斥自己。

依此道理,单人即可玩起纸牌(甭说是单人象棋或围棋)的老伙计,以内心充实论,应是胜过了需要大群体才能投入的弹幕玩家,但对扰攘冲突的应变及牌局竞争中的心理测度呢,终归显得不足一些,不是吗?如此一来,最受欢迎的弹幕与最老旧的纸牌,融洽地同处于一个时代,或者,发生在我们单位的同一楼层……当然,如果你的公司里还有爱玩纸牌而不是刷朋友圈的员工,请好好珍惜吧,没准他或她还是个很不错的哲学家呢。

技艺与感知

漫道"匠"字多无奈

彼得·伯克（Peter Burke）在《知识社会史——从古登堡到狄德罗》里说，1450年前后的欧洲，文理科知识地位高，而贸易或生产这样的实用性知识则地位低下，不过他们后来及时地转向，"匠"字借着"赛先生"一路扬帆，后来居上。转观我们这儿的"士农工商"，却一直等不来真正蓬勃的佳期。按照欧洲的中古分类法，工匠开创了七种"机械技巧"：制衣、造船、航海、农业、狩猎、医疗与演戏。

很凑巧，我最近一股脑儿读了好几册"匠人"话题的书。

首先是紫砂壶大师顾景舟的新传记《布衣壶宗》。书里说得蛮带劲：紫砂泥是有"泥门"的，捶打前的泥沉睡着，木槌将它捶醒后"泥门"随即打开；所以在他的制壶过程中，捶是一个让泥复生的过程；又比如，他说不到万不得已时勿要在壶体上喷水，而是将坯放入套缸，一边搁块湿泥，借散发的潮气慢慢缓解坯的干燥……"壶若有命，先是泥命"，好用心的紫砂拟人化！

日本作家盐野米松的《留住手艺》也是一本好书。他认为"手艺"最关键的一点，是干活时所用的柴刀、斧头、锄头和镰刀，都会因适应当地风土而形成自然独特的形态，先由使用者提出设计要求，后按需制作。如根据各人的身高体重，农具的某个角度做得弯一些或直一些。早些时候的工具皆是经过反反复复实验、优美且实用的东西，可是如今在日本，各式手工作坊早已不再，批量生产的工厂工具除了外表一模一样，还得叫使用者的手与身体去适应它。虽说一小部分从事山间、田地农活的人因无人制作得心应手的工具而感到失落，但这一小撮声音在大环境里再微弱不过。"隔窗观望工具制作的孩子们也不见了……"盐野米松说他自己就曾是其中一个。

"匠"，最初不像是个好听的字眼，譬如形容一人"匠气"往往带着一丝贬义。光阴荏苒，这些年我们不约而同地发现，随着艺术品已有了此起彼伏的"灵气"，普通商业倒更能不费力地模仿出它们了，于是这陈旧的匠气反又格外珍贵起来，有时即便显得"倔头倔脑"，略失灵动，却无一例外地凝聚着对至臻完美的渴求与劳作过程中的极大耐性，换言之，难拷贝、速成不出的时间印记被留在了"匠品"之上——不管它是一颗核桃，还是一架钢琴。在此基础上的灵动，方是真的灵动。"手与机器的本质区别在于，手总与心相连，而机器是无心的，有比手更神秘的机器存在吗？"柳宗悦的这句格言后，意大利人特伦迪

(Mario Tronti)也提出过"社会工厂"的理念。他有点过忧地感慨生产被机械化后,劳动者就不必使用技术了,因为与身体、灵魂相关的事情已然变为可计量的生产价值。就拿当下举例,顾景舟对待泥壶如生命般的细致,有哪家工厂肯费心思去做?若那样做了,效益何在?我想,《留住手艺》里所言"宫殿木匠寻找大口径丝柏的执着"或是"为织布而采的藤蔓,每割五十公斤才做出一公斤的丝线",叹息的大约是同一类文明困境。

当然还有更多"匠人"话题的书可以谈:张景祥《一代匠人》、申赋渔《匠人》与美国作家理查德·桑内特(Richard Sennett)的《匠人》。这三册同题异旨,恰好映照出东、西方各阶层匠人的相近和差异。如果说申赋渔的《匠人》宛如一本优美的少年时代回忆录,张景祥的小说化叙述同样贴近乡土民俗,那么桑内特的《匠人》洋溢出了堪称天壤之别的欧式主体性思维。我觉得国内这两册抹不开悲悲的调子,是因为它们都在暗示命运高于手艺,或者说任一门手艺莫不服从了命运的指派。桑内特呢,不厌其烦地剖析了一大批从抹灰匠到程序员的"匠艺"行业后(细致到将技艺本身分阶段为"从显性知识内化渐变为隐性知识";或将专家分作社交型与反社交型),总结道匠人确有许多无奈、烦恼与委屈,尤其在某一类作坊兴衰交替之时,但是师徒间小小知识技能的薪火相续却能默默濡染出一个国家的面貌,也会修复上一时代所留下的种种疾弊。于是大家恍然大悟:这一俗称"士农工商"的群体竟是生活在阻力中的无名英雄。如此观察下来,桑内特对"匠人"内涵的理清真比这边的著作要勇敢与冷静太多。

要我说,"小狡黠"的桑内特其实有意无意地将匠艺的边界扩大化了。这也怨不得他,大概是罗素首先将手工和体力劳动宽泛为一般意义上的"工作":"工作应该被看作是幸福的源泉还是不幸的源泉,尚是一个不能确定的问题,但几乎没有别的东西能像一件建设性劳动一样,更易于治好仇恨的恶习。任何人只要他是自己工作的主人,他便能感到这一点……"然而他幽默接上的一句又激起了遐想:"不管决定做什么,我们总感到一定有其他某种更快乐的事可去做,这便有了苦恼。"哇,既是哲人,自由回转的本事才叫一个聪慧!

倘若提问也有艺术

眼下有一本新书《提问的艺术》颇为风靡,朋友读后推荐给我,又附上了一句很有"艺术"的提问:"你不是常去听讲座吗,一个合格或优良的讲座提问者应该啥样呢?"

这下我倒真被难住了。毕竟,提问是所有讲座中最自由、互动性最强的一个环节,非要讲什么艺术,多少有点强人所难或小肚鸡肠的意思。然而,事后一思忖,我又有了新想法:倘若真的做个有心人,应该能观察到每一次讲座中,哪些是成功的乃至让人击节赞赏的问题,而哪些又不太熨帖,或让气氛颇为尴尬,此中并非没有规律可循。

其实,大学课堂上的提问同样不易——这一双向交流过程里,问者如何问,答者如何答,大有诀窍。若问得好,是对双方人格、学术态度与水平的尊重。若不那么好?也没关系,坐下慢慢思考,权当为下一次发问积累经验。

话说回来,常被安排在社会讲座里的提问,与高校情况又不尽相同。主要原因可能是,班级或院系学生大致在同一起跑线,问题只要落入理性划定的范围,即属合格;可到了社会讲座呢,各路"英雄"来自四面八方,专业业余都有,还有无甚关系的"路人"来凑热闹,此时一问一答间能否皆大欢喜,多少影响到这场讲座的质量高低与主办方的信心程度。尤其是,在一场冗长艰深的讲座末尾假如出现了一两个正中靶心却不伤人的可爱话题,大家顿觉心旷神怡,真有如觅得了沙漠里的一泓清泉。

只要问得够专业就好吗?不是,常常过犹不及。那么问得很大众化,就是最稳妥的做法吗?同样非也。观察可以发现,不合适的问题一经出口,可能出现如下几种情形:第一是过难,专业性超出了作答人的知识素养,尴尬必然难免;第二是太基础浅白或离题明显,无法产生一星半点的思想碰撞;第三是有冒犯顶撞的意思,容易嘘声四起。这三者在我所经历的讲座中皆多次发生。

还有一种情形:问题虽不难不易,也并无冒犯的恶意,却因概念表达上太过拗口,让席间众位失去了耐心。我们固然期望发问者平日里应多锤炼字句及归纳能力(如试着在三句话以内将问题说清),不过到了这一刻,我想主讲人或主持人还是不要急于打断他/她为好——只要那不是连篇累幅地感怀宣读。为什么呢?要知道,许多发问者可能是第一次提问,甚至是第一次在公开场合讲话,难免表述不完整,或磕磕巴巴。不要紧,若听完后帮助总结、鼓励几句,更可显出回答者的温柔、风趣,也有主办方的高姿态与包容心,场子说不定就暖起来了，会引出更精练的问题。

有趣的是，我还注意到，表述障碍这一情形在一些涉及文字、艺术或哲学领域的讲座里较多见。我所参加过的运动、儿童、生活常识普及类讲座，反倒几乎无此问题存在。照理说，前一类听众群体的表达能力不是更强吗？真正原因大家一定能猜到。

倘若提问也有艺术，我所赞成的提问艺术，是在做了充分功课后在讲座气氛中审时度势，作出简明扼要、"顺中有逆、逆中有顺"的发问。单纯的"顺"（大段、一味地奉承讲座人，成了粉丝表白会）或高度的"逆"（"我是来踢场的，就和你过不去，答不清楚甭给我下台"），都是交流"事故"，双方的信息交换率都是极低的，不仅当事人觉得别扭，听者在旁也感索然无味，直欲离席而去。说句玩笑话，受信息时代熏陶的我们，早已听过甚至能背出不少郭德纲或刘墉、纪晓岚的妙语录，可自己真站到众目睽睽的情境中时，还真别有一番考验。

如此作答，不知文首给我出考题的朋友能否满意。究其根本，一个发问者既然获得了持有话筒的短暂特权，就须考虑到不仅是"我学到了知识"，也能让主讲人展示出最佳一面，继而抛砖引玉，于人于己，皆无往而不利。

随着业界大师们一拨拨到来，上海的好讲座貌似是越来越多了。让你我共勉，试着做一个合格、熨帖、有趣的提问者吧。

技艺与感知

不在字里在行间

倘若能把从海底的珊瑚虫到振翅一飞几千里的鲲鹏列一个"生命速度光谱"的话,我想,人类之中最慢的那一批,恐怕就是写诗与读诗的人。

这与诗歌本身的属性,即奇异的浓度分布模式有关——一大张白纸,寥寥几行,每行才几个字。你想快也快不了,因为没有人会因为效率而去读几十个字的短诗。可哪怕是一两个词的时空指涉,没有个数天半月,你还未必真能参透,而要推敲出一两个好词,又得花上多久呢?

所以我常说,诗之大部分不是写在"字里",而是写在"行间"的,或者说那是一个梦的空间。佩索阿(Femando Antonio Nogueira Pessoa)有言:"写作即物化梦。"而巴什拉(Gaston Bachelard)的《空间的诗学》更深一步解释说,建筑学的根本其实是栖居的诗学,而空间的作用并非填充物体,更应是人类意识的居所,它"庇护白日梦,也保护做梦者"。小小诗歌不就是一栋供人做梦的房子吗?

那么,记下了梦之后,又能给谁读呢?

2015年11月,在镇江召开的首届世界华语诗歌大会有一个与众不同的地方:读诗者一五一十地告诉大家自己爱上写诗的前因后果。悉心听完后,我恍然大悟,原来在诗歌之外,他们与我们一样,都是那么"快"的人:有些是开着事务所的律师,有些是忙碌不分昼夜的住院医生,还有远居缅甸或墨尔本,为家里老小的生计打拼了半辈子的海外华侨。他们的生活难道不"快"吗?可一旦提起了笔,念起了诗,那栋奇妙的、供灵魂栖息的房子就一下子搭建了起来,成为最专注、好奇而纯粹的生活观察家,巴什拉的"诗完整占据了我们"(the poem possess us entirely)一句形容得再准确不过。

这些愿意变得最"慢"的人偏偏又遇到了比鲲鹏还快的互联网。有趣的化学反应由此发生:微信诗歌群里每天都有新作发布,此间这份共享的快乐,简直可以让当年欲说还休地写下"如果明天我的作品全部丢失,我会觉得难过,但不会难过之极……"的佩索阿大师羡慕至极。

可是,依旧有很多人不理解,说哼哧哼哧好几年捣腾出一本诗集,可能一点成本都拿不回来。对此我是这么理解的:写作并非一个动机或起因,而已是一个完成时。对创作者最完美的酬劳,不是其他,仅是作品本身的完成。至于其他,则并非他或她的力道所能及,若想得太早太多反而不妙,不是吗?

仔细一观察,生活中没有谁能永无节制地高速颠簸,

技艺与感知

时不时以读诗、写诗态度去生活的其实大有人在,只是形式不一而已。我所认识的朋友当中,有一把年纪去学乐器的,有因迷恋暗房气氛而自己洗胶片的,有因喜欢翻页质感而收集纸质书的,甚至还不乏穿针引线多年的缝纫爱好者与坚持自制家具最靠谱的木工达人。他们不懂成本与效率一事吗?举例来说,做15mm胶片电影,冲洗、拷贝做出60秒完整影像的成本就要上千元,若用Sony设备做上60分钟也费不了几个钱。对于人们的不解,他们一笑以蔽之:"经济学家那边最好算的一笔账,我们这儿可行不通噢。"

当镇江的诗歌大会快要结束时,我突然瞥见了汉学家、美国诗人梅丹理(Denis Mair)只身一人坐在热热闹闹的酒店大堂里,低头翻看一本诗集。他硕大的身板尴尬地蜷在小小的圆桌前,却读得那么安静、入神,以至于周边的许多仰慕者都不忍打扰。

这一瞬间,我突然有了种欣慰的感觉:这群世上最"慢"的人,不管有没有坐到鲲鹏的背上,大概都能在珊瑚虫的节奏里悠然自得吧。难怪布罗茨基(Joseph Brodsky)在《悲伤与理智》里强调:"我再重复一遍,一位诗人永远不会是输家。"

村头古今闲笑事,未必不是参农禅

不知不觉,我在上海浦东住了七个多年头了,也算是半个"新浦东人"吧。可是,对于浦东的传统艺术,我一直知之甚少,一方面是由于没有渠道去接触,另一方面图书馆或书店里偏"高大上"的文化资料居多,怕是很少有人愿意费笔墨来为曾经是一片农田的浦东唱一段彼时风云录。

可是,这本《浦东说书》却有趣地把我"点醒"了。读后方知,原来浦东地区还存在着一份如此瑰丽的音乐与戏剧遗产!觅得了一些珍贵的录音及录像资料之后,我便有了多说几句的冲动。

浦东说书,在上海曾是仅次于"滑稽"的大曲种,极具乡土特色,关于它的起源有不同的说法。第一种认为,宋朝岳飞的部下王佐自断其臂,假投金兵,用一钹挂在断臂之上,右手击钹说唱,让对方反金投宋;第二种认为,起始于明末李闯王时的说书艺人杨敬亭;第三种似乎最有据可考,源于清代嘉庆年间南汇的老祖师顾秀春,他是下沙盐场二团人,开创了现代的浦东说唱艺术。

我有幸欣赏过一些浦东说书的录像,其表演模式确实和《浦东说书》一书中所描述的、张樵侬代表的风格很接近。作为江浙一带影响力最大的说书艺人,张樵侬从小就耳濡目染着南腔北调的戏曲、曲艺和滑稽,并在1930年的先施公司游乐场磨炼出了一身段子背诵与应变本领。比如,他在《方卿奇遇》和《颠倒古人》等段子里就将多个历史人物和神话角色(乾隆、袁世凯、猪八戒)混捏在一起,并能现场发挥,抓住观众的反映当堂反馈,这是一种机智而能自圆其说的"强词夺理",往往能引得全场观众抚掌大笑。表面上它充满噱头、缺乏逻辑,其实能反映社会本身所蕴含的、弃恶扬善的道德观念,是一种结合了狡辩、俏皮、隐喻与夸张的奇妙艺术形式,多年来一直无后辈可以彻底超越。

浦东说书的艺术魅力究竟在哪里?书里借助与其他戏曲比较的方式加以阐明。首先拿来参考的例子是浦东南汇地区的"太保书"。所谓太保,即替人祈祷占卜的巫医。他在与鬼神"商量"的过程中又歌又舞,鼓起病人的意志。但它在佛教普及于浦东地区之前盛行。随着"因果调"被艺僧传递到民间,浦东说书开始有别于这些酬神敬鬼的太保书故事,嬗变为用乡理乡情启迪农民思想行为的民间佛教唱导。此外,还有一种上海本土的艺术形式"讲故事",它起源于20世纪中期的《小二黑结婚》和《革命母亲夏娘娘》等脚本,在上海农村逐步推广开来。

1963年,为了配合社会主义教育运动,"大讲革命故事"的口号席卷各处,很多浦东说书艺人从此不再唱传统书目,纷纷改为"讲新故事"。但是它与浦东说书的区别也很明显:首先,说书需要复杂的道具(如书桌、桌幛、椅子、茶壶、茶杯、醒木、手帕、折扇等),讲故事就不需要了;其次,说书里需要运用许多韵白、贯口的传统技法,配合一定的身段以便"起角色",更会时不时地插入很多被称作"外插花"的笑料或者主观评述,这些都是较冷静客观的"讲故事"所不怎么强调的流程。

中华人民共和国成立后,浦东说书形式趋多样,比如出现了多种击钹技巧,配以不同的唱调和唱腔,也允许融入各地方言。其中大师施春年的舞台魅力尤其巨大:在《林海雪原》里,他依靠常年熟背的拳谱、刀谱、枪谱等基础,边说边做动作,达到似假还真、虚实相应的艺术效果,有了一种独特的审美动感,吸引了大批粉丝,人称"浦东说书末代皇帝"。遗憾的是其艺术未能如愿嗣承。

书中认为,历史上影响过浦东说书的有几大关键因素:一是佛教的因果观念;二是浦东地区保持了相当乡土风韵的地方民歌——其内容特别受到早期海盐生产与捕鱼劳动的影响;三是浦东农民的茶馆和茶俗文化。说来有趣,浦东的茶馆用的茶叶虽是江浙两省的粗茶,不甚讲究(品种倒很多:薄荷、大麦、灯笼草、夏枯草),那里却是长久以来社会舆论的信息点和农民交流的集结地。用书中的话来说,"茶馆未必不是参禅的地方"——在跌宕起伏的说书中,人们休养身心,忘记了自我的烦恼与患得患失。据说,旧时的说书先生大多有能力在史书中穿插乡里新闻,谈村里新事,这更让有些农民流连忘返,他们往往会在清晨吃早茶,下午听一回说书,直到日头西斜,惊堂木一声"砰",方才意识到一天过去……

据说,今天上海航头和北蔡仍依稀见得到浦东说书的演出,可是比之借助媒体之力的上海滑稽,显然弱势许多了。作为新浦东人的我很想知道,这一艺术门类的发展究竟会走向何方?是与许许多多曲艺小类一样默默消失在时间的长河里,还是找到蓄势复兴的转折点呢?姑且拭目以待吧。

章鱼和大风

很早之前,我就着迷于一首写得好、译得也很可爱的诗:"谁曾见过风?你我皆不曾。但看木叶舞枝头,便晓风穿过。"后来才知道,这首诗出自英国女诗人罗塞蒂。这几日是春夏之交,特别闷热,我便常常忆念起这两句,觉得它与电影导演们早期的经典教诲"若要表现微风,莫如去拍水面上的涟漪"很相似。在郊外走着,风一会儿大、一会儿小地吹,我突然思考起一个问题:在没有现代科学常识的条件下,人们该如何解释"风"呢?

有一期中央人民广播电台(历史悠久的)"小喇叭"节目让我记忆犹新:"博士爷爷"竟用复杂的、大人也未必能听懂的科学原理向提问的小朋友解释了台风与龙卷风的形成原理。我一时间莞尔:哎,真是难为双方了。

相形之下,科学素养不够的我还是更喜欢鲍尔吉·原野的词句:"每天,土地被风无数次丈量过,然后传到牧马人的耳边。"但老家在乌兰察布的邻居大伯失落地告诉我,由于荒漠化日益严重,内蒙古的风近些年已不遭人待见了,"风吹草低见牛羊"的美景,还是他年轻时的所见更标致。

西方文学作品里关于风的出色段落,首先来自帕斯捷纳克(Борис Леонидович Пастернак),他将风雪和渔网联系在一起,宛若一幅巡回画派的油画:"这时变天了,起风了,风播撒着严冬二月的雪糁,落在地上的雪糁组成8字形的线桄,在海上缆绳和渔网就是这样一层层叠放在一起的。"而郁达夫的《钓台的春昼》更像是一幅水墨画,水准也丝毫不差:"空旷的天空里,流涨着的只是些灰白的云,云层缺处,原也看得出半角的天,和一点两点的星……这时候江面上似乎起了风,云脚的迁移,更来得迅速了。"但这两段,都不及女作家莱辛(Doris Lessing)写得震撼:"当火舌贴近身边的时候,总会在刹那间爆发出我们称为灵感的东西。这要追溯到人类的起源,追溯到缔造了我们和我们世界的大风。"

正如莱辛所言,火和风是朋友。须知过去景德镇的柴窑里,进风的速度与瓷器质量有着密切关系。譬如无风多雨、闷热潮湿的夏天,窑内进风量小,柴因缺氧而燃烧不佳,瓷器的次品率往往居高不下,到了秋高气爽的九月则会让人满意许多。

敏感的创作者往往会关注到一个事实:许多自然动态都由风而起。还记得第一次看李唐那幅著名的《万壑松风图》,感觉"万壑"与"松"皆有了,就是欠缺对动态的风的表达,反倒是当代艺术家冰逸借用一长卷铺纸的《风的形状》来得更直观些。波尔坦斯基（Christian Boltanski）曾在智利沙漠里用不同高度的金属杆悬挂300个日本铃铛，各自相距一米多，铃铛布局还参考了星座方位。风起时，他拍摄下了这一铃声磅礴的壮观景象，然而不讲情面的沙漠风暴很快就将作品吞噬。此时的风既是帮手，也成了敌人。

我们老祖宗的经典里实在讲得高明，没说"力拔山兮气盖世""荡涤灰烬"之类的话，而是极度凝练地将巽（风）的属性归到了一个字上："入"。为什么？风的强大非是固态的，主要在于无孔不入的灵巧机智。面对再刚硬的山，它也能从缝隙中深入，从内部瓦解你，谁敢说不害怕这样的敌人？

多年前去嵊泗的船上，遇到一对父子在对话。儿子问爸爸："海里的谁最厉害？是大鲨鱼、大海龟，还是张牙舞爪的大螃蟹呢？"爸爸笑眯眯地回答："是大章鱼。""为什么？""它手臂上的吸盘可以抓住任何东西，尖锐、光滑都不怕，还能'蹭车'跟着大船大鱼走上千里；到了危急时，再小的缝隙它都能钻进去。你说厉不厉害？"

这解释果然杠杠的！我却没料到，他接着补充了一句更精彩的："大章鱼最厉害的地方呀，是吸盘从来不会把自己给吸住。"太对了，一时间简直无法反驳！

这不，我家小侄子来闹腾，指着电视机里的画面问开了："你说呀，又没有人牵着那龙卷风，它为什么一直转个不停呢?"大概他联想到了常玩的陀螺。我灵机一动想起了大章鱼,马上接茬作了比喻:"你不是最喜欢某某动画里的章鱼海盗吗? 龙卷风就是大风章鱼的触角把自己给吸住了,没错的!"

"台风"(强热带气旋)一词的起源,本来就比希腊神话"东西南北"的四大风神(有点俗气不是吗)形象得多,作为地母盖亚之子,他不是神祇或俊男,竟是长着百个龙头的怪物。我想,小崽子念书后大概会读到的吧。反正,眼下望着他自个打转不停的兴奋劲儿,我心里满是小小的得意,觉得自己比"小喇叭"广播里的博士爷爷还有水平。

我有奇问,你可准备了妙答?

——读聂鲁达和蓬热

孩子们的有些问题是大人们永远都回答不上来的。诗人的问题也一样。

在读到智利诗人巴勃罗·聂鲁达(Pablo Neruda)《疑问集》之前,我以为泰戈尔(Rabindranath Tagore)、鲁米(Molana Jalaluddin Rumi)和纪伯伦(Khalil Gibran)三人才是对那些孩子的问题最有发言权的。可是,聂鲁达的一些貌似傻傻的问句,刹那间软化了我早已僵硬的目光。诗集总共360个问题,有几句乍一看特别不讲理,譬如:"为什么哥伦布未能发现西班牙?对每一个人4都是4吗?所有的7都相等吗?"又或者:"真的吗,忧伤是厚的,而忧郁是薄的?"这话问的,天知道,不是吗?还有一部分与自然界有关:"蝴蝶什么时候会阅读,它飞行时写在翅膀上的东西?树根如何得知它们必须攀爬向光?一只猫会有多少问题?在天籁之中大地的歌唱是否像蟋蟀?"记得他有一次在采访中这样阐释自己的写作观:"身边非手工制造的东西最好越少越好,我手指受伤后发觉诗歌应该用手来写,因为打字机把我与诗歌之间的亲密感割裂了。"

没有弄错的话,这种之于"物"的亲密感素来是诗人们的天赋之一。海德格尔(Martin Heidegger)在《物与作品》里曾板着面孔说:"物之物性极难言说,自器具的宁静是在一种'可靠性'里的,如此我们才发现器具真的存在……"然而,波兰诗人米沃什(Czesław Miłosz)对自己孩提时代的回忆就幽默多了:"那些会跑、会飞、会爬、会生长、能看到触到的东西,都让我快乐,偏偏这词语太枯燥了。直到有一日——当在自然界找不着足够多的样本时,小小的我开始在笔记本上用学究气十足的科、种、属组成一个复杂的新物种,乐趣由此而生。"他俩说的好像是同一件事。

20世纪一种在法国兴盛的文学体裁,恰好让诗人们的想象力获得了绝佳的载体。那就是散文诗。1842年,早夭诗人贝特朗(Aloysius Bertrand)的遗著《黑夜的加斯帕尔》(*Gaspard de la Nuit*)出版,自此这类片断式的写作在波德莱尔(Charles Pierre Baudelaire)、马拉美(Stéphane Mallarmé)与兰波(Jean Nicolas Arthur Rimbaud)笔下与一种流派密切相连。他们之中做得最完美,也能让我瞬间折服的,非是旁人,当属弗朗西斯·蓬热(Francis Ponge)。

先看看他是如何描绘司空见惯的木条箱吧:"常见的

有缝隙的小木箱,用于运输稍不透气就肯定生病的水果,木条箱装订简单,用完后不花力气就可以砸烂,它的用途是一次性的。比起装在里面的酥软易化的食品,它的寿命短多了,在通向菜市场各街道的犄角旮旯儿,木条箱闪着白木谦逊的光,依旧簇新,稍稍惊诧于被扔进垃圾堆后无可挽回的别扭姿势……"

蓬热般对事物的观察,不正是用孩子般调皮而叛逆的目光吗?还别说,他每每都能触及本质呢!于是收获的结论总比我们要轻松乐观。难怪有人定义,在蓬热之前还没有哪位作家会真正将注意力集中到那些琐碎的物件上呢。还别说,有时无解也无甚大用的"问",都有点像蓬热的白木板箱,砸不烂、笑眯眯地横亘在那里。他还煞有介事地虚拟出"水的座右铭":"它歇斯底里般地唯重力是从,为了服从重力,它拒绝一切的形状。它回旋、渗透、绕弯,人们随便怎么处置它都行,不过重力这种垄断性的影响力遭到了太阳和月亮的嫉妒,当水分散成浅浅的水洼,便没了抵抗力。"瞧,多有道理,毫无破绽!

认真地说,不管聂鲁达还是蓬热,都在从本质上抗拒一件事:人类给事物做标签的习惯。由于过于先验的意识会出问题,人们发明了标签,利于知识的总结与传递固然不假,可标签愈细致,边缘就愈僵硬。对于变化着或捉摸不定的神秘事物,标签的办法更是无力的。当近代思想家竭力避免"把有限毫无节制地上升为无限",以期将浮想翩翩的人从无限拉回到有限来时,诗人一如既往坚定地站在了用力之反面。最有趣的事情发生了:以有形有质的物体作论题来争驳,竟然比无重量的形而上的概念间的"搏斗"轻盈、曼妙许多!

　　诗歌的轻与哲学的重两相抗衡,使得这些奇问不再是纯然的打哈哈。某种意义上说,还捎带出了一个古老而艰难的设问:观察者的角度比起事物本身的存在属性,孰为先?我想,大概还是大物理学家玻尔(Niels Henrik David Bohr)说得公允:"在伟大的存在戏剧(Drama of Existence),我们既是观众又是演员。"可别忘了,从一岁起步的优势是,总有数不清的科学家、哲学家或诗人主动愿意教你;而当一百岁时,那些关于此世界的同一批问题会再度浮现,但这次,得由你自个儿面对。

借艺摹梦

弗洛伊德、荣格、潜意识。学者说起梦,不外乎这些名词。可是,心理学家之外,文学家和艺术家是如何理解梦的呢?

首先自然是诗人。他们有自己的定义,佩索阿的诗里这么说:"做梦的最高阶段就是创造出一幅有各种具体人物的画,画里的人物和我们同在。"在法国"怪才"兰波的笔下,感官化与象征化后的"梦",成为现实与抽象时空连接、私语,并互相提供营养的脐带,我觉得他的许多诗作,简直是将洛可可油画的场景用现代摄影技术拍了下来,宛然一"梦"化后的真实。

而小说家也有他们的理解。丹麦作家凯伦·布里克森(Karen Blixen)在她著名的《走出非洲》里感慨,每个人梦乡里的壮观风景是自个儿创造出来的,所以纯然是艺术家才有的手笔!层出不穷的斑斓的美景、丰富神妙的色彩、条条道路、幢幢房屋,"所有这些,做梦者甚至也从未见过或听过",真是潜藏的才华!那么如何将它们"带"出来呢?作家骆以军说得人心里痒痒的:歌手雷光夏的爸爸教过他记录梦。做法是在床头放一支笔,醒来后马上开始记录,因为梦会离你越来越远,越来越缥缈,而那不正好考验一个执笔者归纳情境的效率和速度吗?哇,不得不说是敬业的典范!

导演说梦,自有导演们的优势,因为他们能较为具象地呈现(或重现)梦。科克托(Jean Cocteau)表示他的影片能通过胶片上的技法,让诗人偏于个体化的梦避开语言的扭曲,使之成为一场有目共睹的"公开梦境"。影片中时空的每一次转换,也可以说都是生死之间的一次游历,或一次死亡和再生的过程;至于费里尼(Federico Fellini)的那部《八又二分之一》($8\frac{1}{2}$),真是我所欣赏过的最精彩、天衣无缝的梦境穿梭了。

那么,艺术难道是现实与梦之间唯一的桥梁吗?那些不擅文艺的人儿又当如何呢?以拙眼猜测,"梦"这件事不是太玄,大约只是一种意识"胶囊"的呈现形状,白天我们将"胶囊"里的东西取出,以各种行为做一些加工,到了夜间我们又将其装回去,接着让它们混合、搅拌,使之互相反应、凝固、呈色,最后得到的就是我们既无法控制也无法找到具体来由的奇景妙境了。所以从这一角度,白天的事与夜间的梦实际上是一体的——既非"日有所思,夜有所梦",也不代表"梦都是相反的",更细致地说,是将一个个过去的日日夜夜在每个人自己的"胶囊"里重重叠加、复合、浓缩,最后生出新产物的一个过程,而每当日头东升,就好比又降下一个"意识的胎儿"。

就这个意思联想开去,南怀瑾先生引用清代四川将领岳钟琪的一句诗:"只因未了人间事,又做封侯梦一场。"听起来是不是与虚云大师辞世诗的结尾"众生无尽愿无尽,水月光中又一场"有些接近?我忽然有了小主意。如果你是个有心人,想要控制所生出的意识之"胎儿",未尝不可检视、拿捏、取舍一下曾经装进过"胶囊"的东西;如若觉得控制自己的缥缈幻乡实在困难,又不太有兴趣学艺术家们描摹出一星半点的胜境,何不先尝试控制梦之外、足以把握的其他呢?

顶顶有趣的是莫里森(Toni Morrison)小说《恩惠》里出现的一句话——且不说在大片里瞧过这情形,人人都多少次亲自遇见,却又是那么束手无策,一身血肉半点忙也帮不上——"我做了一个梦,梦里又做了个梦。"

技艺与感知

三个有趣的读书癖好

随着岁月的推移,我在读书习惯上发展出了几个有趣的癖好。第一个癖好是,我开始愿意接触自己陌生的领域。比如摄影,虽然我连相机也不知道怎么拿,但对照片却很挑剔:它们的"美"并不能吸引我,我真正感兴趣的是纪实类照片后的"故事"。我喜欢上看摄影书完全是因为看了台湾人阮义忠讲述摄影大师的《二十位人性见证者》,接着又买了吉林美术出版社名叫"摄影馆"的那一堆"干货",还神使鬼差地借到了布列松的《内心的寂静》——里面那张神清气爽的格里耶肖像简直让我想放大出来挂在墙上。又如,我的工作与经济学无半点关系,但一本《穷人的银行家》却让我翻来覆去地读。这可能算是一本入门级别的经济学普及读物,但我自己更愿意把它看作一个普济众生的智者的传记,读完故事后,你会觉得主人公尤努斯(Muhammad Yunus)2006年得到了诺贝尔和平奖,实在是实至名归。

第二个癖好是,除了书的内容,我开始重视起书的装帧质量,而不在乎价格的高低了。前一阵子上海图书馆正好在办"最美的书"展览,但我转了一圈下来,实在地觉得,这些最美的书和港台版水平较高的出版物间,仍然有不小的差距。表面上是纸张、字体、排版不同,其实更多在于无形无相的人文底蕴。这么"港台化"一来,我的购书开销自然节节上升。

第三个癖好也许比前两个更重要些,那就是我越来越着迷于用简单朴素的口吻讲故事的作家。举个例子,比如特朗斯特罗姆(Tomas Transtromer)所作、马悦然翻译的《记忆看见我》,开本比《故事会》略小,页数比《故事会》略多,定价要45元,可是豆瓣网上抱怨的读者依然很少,为什么呢?读了诗人的文字,我明白了。他在书里饱蘸浓情地回忆起了当年欺负过自己的同学和扇过自己嘴巴的老师,因为他是班里最弱小的一个。他总结了一套应对的诀窍:"我一看到强壮的某某走过来,就像破布瘫软成一摊,不败自败,因此他就不再有兴趣和破布打交道了。"末了,他还会饶有兴味地补一句:"长大后,我会将类似的方法用于生活,可不见得每次都有效。"一件痛事说得如此幽默淡然,可谓真水无香!

又如,读完被誉为最具个人特色的纪传体断代史《一个一个人》(作者申赋渔)后,我不禁感慨,这是一本字数甚少又能够把人感动得泪流满面的书。是不是成为一个优秀的乃至于伟大的作家不需要任何高学历的门槛,而只需要经历过世上的大半事情,就已足够?那些曾是自己的故事,就算是乡村、城镇、旅途中的种种,哪怕从只有小学文化的嘴里吐出,也会惊心动魄吧。同样道理,齐邦媛的《巨流河》也是我很喜欢的,原因并不是其故事多么跌宕起伏,而是文字里那股动荡临头却举重若轻的神气劲儿,所以后来去香港时,我不加迟疑地拿下了繁体竖排版。

我很小的时候读过台北作家刘墉的一些书,可不多时就觉得幼稚——这不和心灵鸡汤一样么?去年在图书馆里看到他的新书《灵魂经过的声音》,不禁又翻了翻,嘿!还真不是那回事儿。那么多年,他能保持住柔软的语言,始终讲婆婆妈妈的小事,将事劝和,将人劝开,自有其无可替代的润滑剂般的社会作用。后来我读了吴念真老先生的几本文集,更加坚信了:笑眯眯说理,慢悠悠说事,也是一种上乘功夫! 说到这里,我不禁有些奇怪:自己做学生时可是无比敬仰纳博科夫(Vladimir Vladimirovich Nabokov)、凯鲁亚克(Jack Kerouac)和伍迪·艾伦(Woody Allen)这些文字魔法师的啊!什么时候已不再对语言的精妙感兴趣,而更注重一种"柔和性的平淡趣味"了呢?我愣住了,一下子还真答不上来。

从奇书《柳弧》说到历代笔记

《柳弧》是一部清人笔记稿本,今存六卷,所记大多是发生在作者身边的真人真事或道听途说的奇闻轶事,对于了解清代末期的社会生活状况及风土人情,有一定的参考价值。作者丁柔克,1840年生,号爕甫,江苏泰州人,自幼聪颖好学,琴棋书画、医卜星相,无不涉猎。贾洪诏称他"无书不读,壮志有奇气"。可是丁早年颠沛流离,抑郁不得志,后来仅仅在湖北做过几次小官。反而倒是这本有点奇奇怪怪的小书让他青史留名了。

《柳弧》的最大特点即"杂"。它涉及风俗、狱案、地理、轶闻、医药、历史,几乎无所不有,部分内容不乏珍贵的文献价值。它涉及地方风俗的有如云南特产、祈雨的方法、贵州苗族的生活习惯;涉及健康防治的,有出水痘、治眼病、每个月份忌食的食物;涉及当时科学观念的有制玻璃、机器、避蛀法;等等,不一而足。

当然,谈仙说道的篇章是那个年代免不了的,比如有一篇说到了:云南地区的鹤类,之所以高贵、神妙,是因为"本胎生阳鸟,而游于阴,而金气乘火金以自养,金属九,火属七,故鹤七年一小变,九或十六年一大变,百六十年变止,千六百年形定……大喉以吐故,修颈以纳新,寿不可量"。这段文字鲜明地折射出清人对"数理反映万物"概念的重视,却也不可避免地徘徊于自然科学和怪力乱神的思维模式之间。

说起"笔记"这个定义,其实是中国古代记录史学的一种文体,意为随笔记录之言,大致可归于野史类体裁,也可称作"笔谈""札记"。它最早起始于魏晋时,可能是审美和世界观所致,就以鬼神仙怪类为多了,又经唐宋时期考据辩证方面的充实发展,在明清期间达到鼎盛。正式把"笔记"用于书名的始于北宋年间著有《笔记》卷的宋祁,其发展巅峰自然是我们熟知的沈括的《梦溪笔谈》了。

我觉得,战国《吕氏春秋》里似乎就有一点笔记的"苗头"出现了,它的二十余万字在尊崇道家的同时,融合儒、墨、法、兵众家长处,是以"杂"见长的典范,诸如我们今天所说的农业知识、养生健体等都在其中。所谓"杂家"的另外一部经典著作《淮南子》,则在阐明哲理时,旁涉了各类奇物异类、神话传说,在很大程度上也证明了中国人很早就开始对"杂"类文章抱有特殊的兴趣。

但严格地说,从涉及手工业生产和民情风俗等方面材料判断,明朝的《菽园杂记》才是与《柳弧》比较接近的一本,如其中提到了勘察矿苗和提炼银、铜的方法,或者制青花、龙泉瓷,造衢州纸的细节,皆具体而细致,科学钻研精神与《柳弧》挺接近。

有人讨论过古人为何喜欢撰写笔记。总结下来,该体裁独具的魅力大约是:不刻意、不随便——即闲谈性质私密,却也可以严谨公开,到了宋代后与士大夫交游名贤、清谈忘忧的心境特别吻合。可是,也有当今学者对此兴味寡淡,讥讽宋人笔记是"垃圾箱式"的著作——无所不装,固亦无所不有,既有破布碎纸,也不乏珠玑珍宝。我觉得,即便笔记顶多是一种"文化谈资",不能登学术之大雅,更难以与欧洲的培根(Francis Bacon)、丢勒(Albrecht Dürer)或莱布尼茨(Gottfried Wilhelm Leibniz)等人高深通达的"Uomo Universale"(可译作"全能")媲美,但它所反映的充沛的生活乐趣,在传媒渠道有限、资源沟通乏力的中国古代社会已经殊为可贵。

从《柳弧》几篇的年代跨度看,作者丁柔克在初步完稿后,不断地增补,可见这是一个渐进的、充满乐趣的过程,也体现了他在笔记这一体裁上的用心专一。不久前,我见到网上有读者这么评论《柳弧》:"几乎每页都有看得津津有味的内容……"要知道,这一标准在手机阅读盛行的年代多么不容易!另外,作为中华书局"历代史料笔记丛书"中的一员,《柳弧》繁体竖排,读起来很有怀旧感。其实该丛书的整体水平皆属上乘,里面仍有许多有意思的宝藏待发掘。

技艺与感知

天光和水泥间的清甘滋味

了解艺术市场的朋友一定知道,虽然摄影作品在拍卖市场上的价格远远不及绘画或雕塑那样的"土豪",但精美的摄影出版物向来是这门艺术里最华丽的信心产品。

摄影师范毅舜有一册用镜头记录拉图雷特修道院的《山丘上的修道院》,印刷很美,排版也棒极了,我端在手里时甚至有点奢侈得手足无措的感觉。

我一直喜欢看建筑摄影。印象较深的好像是哪一年在莫干山路M50的EPSON工作室,日本大画幅摄影艺术家原直久的佳作让我一震,他黑白两色的大画幅有着严肃细密的肌理,极其宁静而有诉说感,是对"欧洲厚重历史的细节"一次惊人真实的还原。

而据我所知,现代建筑却又与欧洲传统建筑不同,走过特别多的弯路。

工业社会早期的建筑,其实有过一味追求"庞大"的历史,即人们口中的"巨构",但须知电梯、灯光照明、排水、通风和空调系统都要完备才行。1900年前后的夏日,白炽灯照明的高楼内如同火炉,问题迭出,直到1940年代的冷光源诞生,情况才好些。为此美国人还发明出一个有嘲讽意味的词:"密歇根大道悬崖。"20世纪初的作家把曼哈顿的钢铁丛林幻想成了瑞士的山谷:"它南面的身姿是如此高拔和宽阔,就像阿尔卑斯的绝壁,那上面时时抛下雪崩,跑向匍匐于脚底的村落和村落的制高点。"

所以才有人讪笑,无限扩大的单体建筑就像"一张太大的煎饼皮包不住里面的馅儿。"

勒·柯布西耶(Le Corbusier)(在世界各处被频频复制)的马赛公寓是一张太大的煎饼皮吗?我不懂建筑,不敢下定论,不过起码,他的这座拉图雷特修道院完全不是。

全书带给我感触的段落很多。例如隐匿在大教堂之下的地下教堂,像是别有洞天的闭关室;比如富朗索瓦·穆尔内在教堂里悬下一段银色的霓虹灯作品,几如可窥天机的星云,大教堂门上无形的光之十字架,还有马蒂斯(Henri Matisse)在教堂上所绘的简洁得有些不可思议的《耶稣受难图》……当涉及生活于其中的人时,同样和这座生命力盎然的建筑类似,不如我们设想里的冷冰冰:阿兰神父勇敢的新教堂计划,曾是音乐家的修士多米尼克弹奏管风琴,修道院招待身无分文的阿富汗难民,以及皮耶老神父捎带给北非青年那一包故乡的土壤,则是满满的乡愁与慈悲之味。

某种程度上,修道院的物质单调性正是要对症治疗"无聊、易变、焦虑"的现代病的。朗香教堂坚持不设暖气,以"冻若冰窟"形容之;两位神父在山丘庭院挖掘采收小小的胡萝卜,镜头下太像是维吉尔牧歌中所唱的场景。而作者说,他在拉图雷特修道院下榻的房间里"除了一张书桌,一个小橱,一张单人床,再放不下其他东西"。我们现代人"若不是精神病发作,几天下来也许能与自己相处了"。又比如,在修道院顶楼的阳台上与夜空繁星对谈的那一幕——他说:"再先进的数字器材,又怎能捕捉到那月光、森林、唧唧虫语?"

这一切,好像都应该归功于勒·柯布西耶。真的吗?

读了历来那些伟岸逼人的建筑图录,不由让人生出一种好奇:建筑是科学吗?我想,大部分时间里,科学(如生物、天文和数学)是基于确定的东西去认识那些不确定的东西,而艺术,则更多地基于不确定的东西去验证那些确定的东西。建筑设计纵使再严格,其实也饱含着后者的精神,尤其当它升华为艺术产物。

可是另一个无奈的事实是,再坚固如铁的建筑也有腐朽的时候,正如再恢宏的精神也有被翻盘的可能。更彻底地说,世间万物,金字塔也好,曼哈顿的钢铁丛林也好,不朽的物质经由精神的流动而腐朽;而著作、理论或教导,某一历史时期的不朽精神也难免经由物质的流动而淡弱;物质与精神兼似不朽的,千载弹指,难免虚空。

那么生命究竟还有无求索的价值与必要呢?非要说的话,我想还是有一个的。

书的尾声提到了作者20年前在拉图雷特修道院经历的一个清晨:"黑夜与黎明之际,天地有一段时间全然无声,这寂静中,大地像是回到了宇宙形成前的母胎。没有风,没有光,没有声响,太初……突然,一只早起的鸟儿刺破了万籁皆寂,地平线外的一丝蓝光撑开天地的沉重眼帘。鸟啼声中,宇宙庄严地日月更替。人间的一天常这样开始,可惜知道的人不多。"

一毫微刹那的光。不管是忠实信着神的阿兰神父,还是持无神论的勒·柯布西耶,毕生不都在以迥异的方式求索着这个吗?

物质上可以速朽,精神上也可以速朽,它们不会再来,也不必再来。那一瞬的光本身虽什么也"不是",但足能洞彻十方,把一些"是"的东西照得明明白白。如果在拉图雷特修道院无数个日日夜夜之后,求到了这么一束光,我想再辛苦的生命也不觉得亏。

所以,摄像镜头所摄出的不是勒·柯布西耶,也不是拉图雷特修道院,而是摄影者自己。而我们,也像当年的纳喀索斯一样,在平静如镜的湖水中看到了自己的倒影,却懵懂不知,又在各式的所见中映照出了自己的所想。正如最初邀请作者前往的老神父对他所期冀的:"以你的艺术之眼,来瞧瞧这座建筑!"伟大如勒·柯布西耶者,可以创造它;优秀摄影师如范毅舜者,可以记录它;而不济如我的大小读者,也可从中分得一份清甘滋味。

方寸小室藏天地

有朋友向我抱怨他住的那个小房间。我便想到,多年之前自己也抱怨过这个。那时我借宿在外婆家的单间,天花板很高,而床边空间狭小,只容得下洗脚盆与衣架。虽说事后回想起来小小的空间也挺温馨,但如若长期这样——特别是隆冬时节,去户外的机会也很少时——恐怕是挺烦恼的一件事吧。

我们经常会反感狭小的室内,这大约是出自一种本能,更确切地说,一种"半野生动物"对"四方盒子"的排斥本能。当然后天的耳濡目染也脱不开干系,毕竟人类的社会语境里,与"密闭空间"相连的第一个概念就是囚禁——不管是囚室还是病房。西方戏剧素来善用密闭空间发酵人物的情绪,电影里密室恐怖的出现频率多得不可计数,记得数年前名为"密室逃脱"的游戏一度风靡,也是基于这一类心理。

一旦涉及文学,我首先能想到的著名密室意象自然是卡夫卡的《地洞》,甚至可以这么说,地洞是文学史上最著名的一个幽闭空间。卡夫卡太擅长这样的工具了,回忆一下,《变形记》里格雷高尔的小房间,与大甲虫的体积一比,不是同样让人喘不上气吗?陀思妥耶夫斯基的《地下室手记》,又是一次抽象的仿效了。尽管并不是书中的每一人物都寸步不离具象的"地下室",但"地下室"三字无疑暗指了他们所沉浸于的、孤寂而怯懦的营垒。

可是,偏偏在有些人的手底,小小密室开始带上了一抹罗曼蒂克。

1954年,生物学家布朗(F. A. Brown)将康奈提格的一批牡蛎带入了千里之外芝加哥一个地下室里的水族箱。他知道牡蛎的生理曲线是跟着潮水走的,所以它们依循着最初在海岸时的习惯进食起居,并不奇怪。但接下来的事情却事出突然:牡蛎们的生活规律不再与康奈提格的潮水吻合,且不符合我们所知的任何一张潮汐表。经反复计算,布朗发现:那竟是"没有海"的芝加哥的涨潮时间!他一声叹息:"芝加哥没有海,但牡蛎带来了海。"

野生动物与生俱来的耐心,也许令它们比人类更适应索居。建筑师隈研吾《我所在的地方》一书里,将儿时他对"洞穴"与"地面"的感情娓娓道来。我还是头一次讶异地读到,卡夫卡式的地洞不再是地洞的唯一解读,那个适合生物栖息的柔和场所,"夹杂着柔软与潮湿";隈研吾儿时的玩伴纯子,竟在家中地板下饲养着一条绿色长蛇！这样的生活感触，他总结道，是居住在冰冷、干硬地面上的当代人无法得到的。

地下室里的牡蛎与海，地板下的蛇，听闻之，好像眼前舒展开了一条弥漫着海洋或森林芳香的幽途。

"密室"未必纯粹的浪漫化，也非全盘压抑的特性，倒能与许多艺术创作者的环境作一番有趣的类比。较出名的例子有雕塑家贾科梅蒂（Alberto Giacometti），他在伊波利特-曼德龙街46号的工作室仅23平方米，黑暗、局促，去过的人无不诧异他究竟是如何工作的；捷克动画大师史云梅耶的工作室，传说也是全捷克最小的；更不须提82岁的马蒂斯，光脚坐在Regina旅馆的工作室，拳打卧牛之地，靠一把熟练操纵着的剪刀造出斑斓的剪纸世界。显然，他们的能量即使看似被封印在了舆图之内，内心的芥子仍与须弥相通。真应了博尔赫斯的那句："啊，上帝，即便我困在坚果壳里，我仍以为自己是无限空间的国王。"

还得说回到卡夫卡。卡夫卡一边在银行打工，一边写出孤独的词句，这是大家都知道的。不过创作者最难做到的一点，莫过于当你能从孤独中汲取力量时，保证不被它返头吞吃。对于卡夫卡的密室概念，学者雷纳·斯塔克曾别出心裁地引用了他的第三人称日记："他本应当安身于监狱了事。只是这监狱是个加了栓子的笼子。外面世界的喧嚣透过栓子不由分说、肆无忌惮地传进传出，他可以参与一切的事情,笼子外的一切事情都未避开。就是说,他根本就没有被囚禁。"

我猛地想到,卡夫卡笔下有过一位著名的"绝食艺人"(Hungerkünstler,寓言性的短篇,也译为"饥饿艺术家"),当他被虚无的失落感吞没,死在了自己一直表演着的笼子里时,马戏团管事用什么代替了他的位置?那好像是一头年轻的豹子哟。这是不是在说,每一位被蚕茧困缚住的创作者,期待的正是逼仄笼内的躯壳风化以后,所腾身纵入的第一头幼豹呢?我想,不是没有可能的。

说"慢"

——静物画、信笺与剑法

近来看了上海艺术人文频道的静物绘画专题纪录片。随着卡拉瓦乔(Michelangelo Merisi da Caravaggio)《水果篮》等杰作的展示,我们好像进入了一个悬置的时间仓。影片最后聚焦到了一个问号上:在我们这个时代,静物画有何意义?片中坦言:"今天观者不明其意,愿意画者亦寥寥,因为'静物化'的精神并不符合这个快速的时代,大家总认为新鲜的东西才有话语权,一个劲地在物质的轨道上行色匆匆。"

真是犀利的点睛之笔。试问,今天能有几人会在买来货品后,揣摩它们之间的摆放位置与色调搭配呢?但纪录片中说,换到高更(Paul Gauguin)或塞尚(Paul Cézanne)的时代,这样对日常物件的品读无疑是他们的功课之一。塞尚的晚年,日复一日都没等到观赏者,但他偏偏在橙子、石榴、酒瓶和竹篮间画出了别人画不出的静谧。到如今,我们凡夫尚且不提,即便到卓有才华的艺术家手里,静物油画这样的细活儿也开始忍不住向摄影、摄像、多媒体艺术转变,兴许那些能更快地见效,不是吗?

如今还有了无比方便的电子邮件和微信,苹果手机一代强过一代,这常令我想起古人是怎么通讯的。"往来一万三千里。写得家书空满纸!流清泪,书回已是明年事。"(陆游《渔家傲》)换作我们自己,肯不肯为一封信等个十天半月,思忖数天后才提笔回复呢?你说这是落后吗?不假,却在另一角度比我们高明。我常常对朋友说:古人的那些信笺如此漂亮,用词精悍,笔法潇洒,穷游子的家书一铺开都可满室生辉,殊不知这种美正是"等"出来的啊!或者说,是与耐性一道"磨"出来的!

当"静""慢"与运动呼应起来,便表现在了节奏性的"止"。我常常爱去公园看人练剑。虽然自己不会,但日子一久多少也能看出点高低浅深。功底最厚的老师父,未必就是舞得呼呼生风的那一类,多求匀不求速,讲究稳稳地收势,且流畅的一招后凝止在空中的一个点上,再接下一势。其实,他臀胯、腰腹的核心肌群及肩部内含着强大的"止"的力量,而这一准则不仅适用于器械,在大部分拳法里也都近似。有时习拳者膀大力沉,但若出招之后己身不稳,已落下品,也可说是平衡上的大破绽;若舞起棍棒来像耍袖带,是抛弃了"止"的动,那同样不足为道。至于太极理论中认为只有"慢"才能充分濡养筋骨关节,也是颇可思考的地方。

西方大师画静物画的过程,与我国古代文人毕恭毕敬完成一封信笺异曲同工；上好的静物画想捕捉住的那一瞬息，不正像练剑人那毫厘不差、纹丝不动的剑锋停驻吗？它们看似寻常，实在不是旦种暮成的功夫哪。

"慢""静""止"从来都是心法之门。生命顶多也只是一个管道，流经再多也都不是你的。反倒当流速越快，我们自身的体会本领一天比一天薄弱。所谓"静水流深"，"静"和"流"这两种特征缺一不可。聪明的米兰·昆德拉（Milan Kundera）早已在《慢》里总结出了一个基础方程式："缓慢的程度与记忆的浓淡成正比；速度的高低则与遗忘的快慢成正比。"我们总急盼着明天或下一钟点有些什么，却忘记当下时间的可贵。

显然，这并非个体的问题，而是时代之"疾"——看似进步的新闻、传媒技术恰恰帮了倒忙。君不见信息如海，却少有定海神针？而各种"秀"的机会愈多，愈不易拢其魂神，在道家看来就要出问题。古老的辩证法告诉我们，孤阴不生，独阳不长，当"静"不再有地位，"动"也就失去了轴心骨，原本内聚的能量太容易逸散在外，澎湃有之，冲撞有之，而自身渐蜕为一张盲动的空壳。一时间虽不足以致命，那样的一个社会却定会贻痛日久，自承其殃。

话题有点大了，我想普通人也许做不了太多。此流行病尚在膑理时，或许大伙能够学着安静地欣赏每一袋石榴，端正书写每一张便笺，与其把参与花道、琴道与茶道当作完成一次跟风任务,不如耐心地听完收音机里的一段评书弹词,或是家里老人的一通电话唠叨……如果你想马上分享微博或微信,请平静地等候一会儿,让动作等一等你的灵魂,只因那奇妙的意义唯有在"静"中才会浮现。

大地艺术是什么?
——从安迪·高兹沃斯的一本摄影集谈起

"大地艺术"又被译为"地景艺术",一般的定义为:通过艺术家的主动介入,以土地、石头、水及其他天然材料标志、塑形、建造,或改变、重构了自然的景观空间。我之所以会注意到这一偏门而有趣的艺术门类,缘自偶然买到的一本安迪·高兹沃斯(Andy Goldsworthy)的摄影集。

早就听说,大地艺术有一件震古烁今的代表作:史密斯森(Robert Smithson)1970年创作的《螺旋形防波堤》。地点是美国犹他州大盐湖边的荒凉海滩,共10英亩,据说当时竟然动用了65 000吨的黑色玄武岩、石灰岩和泥土,经推土机的劳作方得完成。航拍的照片里,巨大的螺旋犹如旋转的星云,让人生出远古之物的遐想。史密斯森的名言是:尺寸决定物体,比例决定艺术。

然而,从高兹沃斯的作品中却可以看出,他擅长于使用小小的泥球、冰雪、花、果、石头、叶、枝、刺,甚至是光线"拗"出造型,细小里的宏大折射并不逊色于史密斯森。

技艺与感知

且正因微观化了,高兹沃斯的创作空间就更加不容易被预定的视点所捆,反而容许一些音乐般的即兴与跳跃。不过,大也好,小也好,总有一点共通:大地艺术往往基于某种简单、纯粹的几何形式——点、线、面,这些西方美术里的核心元素依然是灵魂。从远处想,东西方的园林艺术可能是大地艺术的鼻祖,西方园林注重修剪与几何布局的优势,与东方园林更讲究浑然天成与抑扬顿挫的意蕴产生了交叉混搭,加之20世纪六七十年代里活跃的几大艺术思潮,如极简、装置、行为和概念艺术,都从各个角度塑造起了这门小众艺术的基本轮廓,让其谋得新途。

尽管人工雕琢的痕迹历历分明,但由于使用了天然的材料,高兹沃斯的作品与周遭环境看来十分协调,几乎已成为景色的一个部件——当代艺术的德国学派也很重视"材料语言"。偏偏因为这样,他的大部分作品,如冰雪造型和沙滩画往往寿命短暂,简单的一次风雨、一次潮汐就能令其不复存在。除了依靠照片或录像,大部分都无法寻觅或再现。

这么想来,大地艺术与另两件事倒有着巧妙的"暗合"。

第一件事是花道。一则轶事说,领主丰臣秀吉听说茶圣千利休(16世纪人)京都的家中,朝颜花(牵牛花)开得格外好看,就通知自己将拜访赏花。可第二天,丰臣秀吉兴高采烈地上门后,却发觉整个园子里片花也无,不由

134

大惊失色。原来千休利得知消息后,已命弟子将花朵连夜悉数剪去。丰臣秀吉强忍怒气随千利休进入内室,突然发觉这幽暗的泥胎四壁竟映照着刚采摘下的、唯一一朵素白无瑕的朝颜,散发着微光。丰臣秀吉心里生出了什么感觉?又说了些什么?故事没有交代,可这则轶事从此作为日系插花史上的一个范例,留给后人品评……其实你完全可以认为,那一缕清冷的禅意已为西方行为艺术开启了先声。

第二件事则关于曼陀罗。2002 年,导演赫尔佐格(Werner Herzog)拍摄了一部名为《时间之轮》的纪录片。其中有一幕是,两位印度僧人花费一个多月完成了斑斓恢宏的曼陀罗绘画,最后却简简单单用扫帚扫作尘土,融入流逝的河水。所有观者都颇觉可惜,但也都突然明白了一些事情。

满园素花为何仅留一朵?曼妙如画卷的曼陀罗为何一扫了之?高兹沃斯等人的手法虽让人眼花目缭,但指向却异常清晰:探索文明与自然的存在关系。那么多的大地景观莫不有如下规律:将大地作为艺术品背景的同时,艺术家通过操作局部或细节,让整体的自然样貌发生一种与惯常思维截然不同的变化,可是变化过后,他们又讲究尊重大地的原貌。自 20 世纪 70 年代英国文学家威廉·戈尔丁(William Golding)首创"盖娅假说"(盖娅是古希腊的大地之母)以来,人们就倾向于将这个地球视作一个有心智、能调节、善对话的生命体，而非一坨冷冰冰的"泥疙瘩"。从这个角度看，在一片大地上做一些事，继而放手容其回归本真，恐怕是古今东西诸家途殊求同的所在。

外一篇　书架上的夜莺

我养了一只夜莺,在书架上。

她的左边是司各特选集,右边是雪莱的长诗,如果往下挠挠、拉稀的话,一定会危及那尊罗丹的小雕像,所以她唯一的选择是向上。

她蹦蹦跳跳地往上飞,一层又一层,一直飞到了我书架的最高层,也就是第十五层的地方。

补充说明一下,我的书架做得特别高,因为需要放的书很多,有时我还会挪来梯子,取上面几层的书。

夜莺就这样飞到了第十五层的地方,准备开始歌唱。

可是,难道是我听错了?还是她压根就没有唱?我只是清楚地听到她叹了几口气,就像晚风吹过玫瑰丛时的窸窸窣窣,那分明不是什么歌唱。

"你没有唱吗?夜莺同志?"我问。

"这你都不懂。我是一个作家,夜莺作家。凡是作家,在歌唱之前总是需要叹气的。明白了?"她这么回答我。

"那这么说来,你还会写作?"

"那是当然。"

"真了不起！我现在就去给你拿笔和纸。"

"只要墨水就好了,我身上有的是羽毛,那不是天然的羽毛笔吗?"她啄了啄淡绿色的绒毛,样子美极了。

"好。那我替你拿来,你慢慢写。"

过了好几天,我突然想到,不知道夜莺作家写得怎么样了,于是前去书架那里问候一下。

可奇怪的是,她不在那儿,我好像再也找不着她了。

最终,我搬来了梯子,费了九牛二虎之力,在第十五层书架上的一本《大英百科全书》后面发现了她,那也是这层书架上唯一的一本书。

她的样子可怜透顶,因为身上几乎所有的毛都没了,不消说,都是被自己啄光了。

她仿佛是受了惊吓,颤颤巍巍的不敢靠近我,又仿佛是没了毛之后,冻得直打哆嗦,总之,我应该好好地安慰她,问清楚发生了什么事情。

"我的小夜莺啊,你不是在写作吗？怎么会变成这副模样？"

"别提了,我的兄弟。都怪你的书架！我本来写得好好的,那些书突然提醒我,每一句话的来历都得和经典有关,否则叫什么作家呢？于是我一本本去读了它们。这不读不要紧,一读我可吓坏了！原来我们作家所写的每一个故事、每一句话,乃至每一个单词,过去的人早已经写过了！我所有的创意和灵感,原来一分钱都不值！我不甘心,还是写啊、写啊。可是每写一个章节,好像总会有一只大手,把它们抹得干干净净的,呵斥我说:'你压根就是多余的!'对一个作家而言,我想象不出更大的打击了。哎,我说那么多干什么,你没当过作家,当然不会理解了。"

"我理解,我理解。"

我同情地抚摸着她,而她避之不及,好像整个世界都是她的敌人。

我应该好好劝劝这位夜莺作家,不是吗?可是,一下子又想不出安慰她的法子,我们俩就沉默地对视了好几分钟。眼看夜深了,我爬下梯子,准备回房睡觉。

路过工具房的时候,我好像突然想到了什么。我拧开工具房门,从最下面的抽屉里找出来了榔头和楔子。然后马上跑回了书架那儿。

"等等,我的朋友。"我赶紧又爬上梯子,幸好她还在那儿。

"你不是走了吗?"

"还没到时候呢。我是……我是想说,你已经跳到了最上面的一层书架了,对吗?"

她疲惫地点点头。其实不过是把尖嘴摇了一摇,我知道她累坏了。

"好吧。你知道第十五层上面还有什么吗?"

她摇了摇头,迷惑不解地望着我。

我往梯子上爬了几步,然后手里握紧了榔头和楔子,开始往屋顶的一个角落敲打。

"你想干什么?"她问。

我不回答,只是继续工作着,"噼噼啪啪"的用力敲着。好在这个屋顶并不厚,没有花太多时间,它就被我打开了一个小缺口。夜莺仿佛意识到了什么,扑腾了几下,她那小小的身体钻进了缺口里。很快,她跳到了外面的屋顶。

"怎么样?"我在下面问。

有那么几秒钟,空气中依旧是沉默。我有些狐疑地继续试探道:"空气好些了吗?外面冷吗?"

忽然她大声地回答我:"哇,你看,是月亮,又亮又圆的大月亮!"

我却不怎么惊喜,我显然是看到过月亮的。

随即我便想到了,一只夜莺如若一直被养在书架上,那么很可能只从书里看到过月亮,而没有见过真正的月亮吧。真是为难她了。

只听见上面说:"我还想在这儿待一会儿,可以么?"

我说好呀,于是默默地收拾起了工具,爬下梯子,回房睡觉去了。直到很晚,夜里一两点钟的时候,我迷迷糊糊地听到了屋顶上的歌唱声,一阵阵地悠扬,真好听啊。我睡着了。

又过了好一阵子,由于工作繁忙,我都没有过问夜莺同志的事儿了。但偶尔见过她几次,她的毛都恢复得差不多了,神采奕奕的模样真叫人羡慕。想起那个晚上,她拔除自己毛发悉数作笔、瑟瑟发抖的样子,怕是任何一位以文字维生的人所害怕且羞于看到的吧。

"打扰一句,你最近还在写作吗?"

"写作?为什么要写作?让这玩意儿见鬼去吧。天晓得,世界上哪儿会有作家这样一个不可理喻的职业的。我要忙的事情太多了,回头再聊。"

说完,她便扑簌着翅膀,飞上屋顶去了。

我突然有些伤感,望了望书架上已经有点积灰的司各特和雪莱,好像有点对不住它们似的。但转念一想,我应该为我的夜莺高兴才是。何况那些好不容易淘来的古籍和旧书,看来也可以有好一阵子免除被抓啄的烦忧了。

至于后来?

你是问后来吗?倒真的出乎我的意料,据人们说,这只夜莺真的成了一名作家。她写天空,写草地,写那在经典里被无数次描摹过的月亮,却一点儿不在乎自己是不是在重复别人的老路了。当然,每当夜晚降临,她会去做和其他夜莺一样的事情——歌唱。我打心眼里为她高兴。最关键的是,有些人还悄悄地对我说,她是唯一一位歌唱前不叹气的夜莺作家。

图书在版编目(CIP)数据

技艺与感知 / 詹湛著. — 上海:上海教育出版社, 2019.9
ISBN 978-7-5444-8449-7

Ⅰ.①技… Ⅱ.①詹… Ⅲ.①文艺评论 – 中国 – 当代 – 文集 Ⅳ.①I206.7-53

中国版本图书馆CIP数据核字(2019)第174975号

责任编辑　林凡凡
封面设计　麦　子

技艺与感知
詹湛　著

出版发行	上海教育出版社有限公司
官　　网	www.seph.com.cn
地　　址	上海市永福路123号
邮　　编	200031
印　　刷	上海昌鑫龙印务有限公司
开　　本	787×1092　1/32　印张 4.75
字　　数	85千字
版　　次	2019年9月第1版
印　　次	2019年9月第1次印刷
书　　号	ISBN 978-7-5444-8449-7/G·6992
定　　价	35.00元

如发现质量问题，读者可向本社调换　电话：021-64377165